人は、
互いにそっと視線を外した。
「さ、三人で一緒に行こう」
VTuberの幼なじみと声優の幼なじみが険悪すぎる

「葵の配信が始まっちまう。
観ながら食べようぜ」
選んだのは『バイオレット・
S・アンイルミチャンネル』だ。
生配信開始まであと一分。
今は『デビュー半年記念配信』と
書かれたサムネイルが
表示されている。
中村 航
Wataru Nakamura
普通の高校生。
幼なじみ二人に
置いていかれないよう
学業を頑張り中。

「すご……同接視聴者が三万人もいる……」
バイオレット・S・アンイルミ
葵のVTuberでの姿。
まだ配信開始前だというのに、すでにそれだけの人数がチャンネルを見ているのだ。
日向晴香
Haruka Hyuuga
女子高生声優として活躍中。実力はあるが人気がいまいちなのが悩み。

影川 葵
Aoi Kagekawa
大人気VTuberの中の人。声優が憧れの職業。
「ファンのみんなはそう言ってくれるけど、それだけであんなにたくさんお金をもらっちゃだめなんだよ。もっと……ちゃんと、他のみんなとも上手くやれるようにならなきゃ……」
「……晴香みたいに、か？」
オレの問いに葵は小さく頷いた。

VTuberの幼なじみと声優の幼なじみが険悪すぎる

遊野優矢

FB
ファミ通文庫

▶エピソード4　わしが育てた幼なじみ

▶エピソード5　コラボする幼なじみ達

イラスト　はな森

Vtuber's childhood friend and
voice actor's childhood friend are too nasty.

CONTENTS

エピソード1　幼なじみが声優とVTuber

中村航　幼なじみを応援したい

高校二年生の始業式は特別だ。

学校にも慣れ、受験までまだ余裕のある一年間という、貴重な時間を一緒に過ごすメンバーが決まる日だからである。

二年C組は特に男子達の喜びようがすごい。

「晴香《はるか》ちゃんと影川《かげがわ》さんが同じクラスってマジ？」

「学年の……いや、校内顔面偏差値ランキング一位二位がまとめて？」

教室は朝からずっとこんな感じである。

「それじゃあみんなお先に！　明日からもよろしくね！」

ぱっちりした瞳《ひとみ》をみんなに向けて明るくそう言ったのは、日向《ひゅうが》晴香。ぶんぶんと大きく手を振ると、生まれつき茶色がかった緩《ゆる》いウェーブのロングヘアーをなびかせ、教室を出て行った。

始業式後のホームルームを待たずして、初日からの早退である。

「待って日向さん。クラスのメッセージグループ作ったから入ってくれない？　ムリにとは言わないけれど……」

いかにもまじめそうで、今日にもあだ名が『委員長』にでもなるんじゃないかといった感じの女子が、遠慮がちに晴香に声をかけた。

「もちろん！　あんまり書き込みとかはできないかもだけど、みんなとは仲良くしたいもん。よろしくね！」

「あー！　じゃああたしも連絡先交換したい！」「ずるい！　あたしも！」

委員長風の女子とスマホを突き合わせているところに女子が群がっていく。

晴香のすごいところは、男子だけではなく女子人気も高いところだ。

「ちょっとちょっと！　個人的なのは後からグループ経由でできるでしょ。日向さんはお仕事に行くんだから邪魔しちゃだめよ」

「みんなごめんねー。お仕事終わったら、グループのみんなに友達申請しておくから、拒否ったりしないでね？」

笑顔で去って行く晴香をみんなが眩《まぶ》しそうな目をして見送る。

「さすが晴香ちゃん、アイドル声優ってのは忙しいんだな」

オレの肩に腕を乗せ、晴香の背中を眩しそうに見つめているのは、一年から続いて同じクラスとなった佐藤《さとう》だ。

顔はほどほどにイケメンと言って差《さ》し支《つか》えないはずなのに、言動がたまにアレなせいで、性格を知らない他学年の女子からだけモテるというちょっと残念な男である。

友達と呼んでもよい程度にはつるんでいるが、学校でだけという微妙な仲だ。

「幼なじみがアイドル声優なんていいよなあ。今年こそ紹介してくんね？」

「佐藤はそればっかだな」

「だってよう、この先の人生で声優さんと接点持てることなんてないだろ」

「お前の人生がどうなるかは知らんけど、そういう頼みは全部断ることにしてる。自分でがんばってくれ」

ただでさえ晴香は、知らない男子からしょっちゅう声をかけられ辟易《へきえき》しているのだ。

オレがさらに負担を増やしてどうする。

「やっほー航《わたる》。今年は同じクラスだね」

オレと佐藤の会話にひょこっとわり込んできたのは影川葵《あおい》。

黒く艶《つや》やかな長い髪に長身、ブレザーの上からでもわかる大きな胸が目を引く美少女にして、オレのもう一人の幼なじみである。

「マジかよ。中村《なかむら》って影川さんとも知り合いなのか？」

「まあな」

「影川さん、オレ佐藤っていうんだ。よろしくな」

「よ、よろしく……」

葵はオレへの対応とは変わって、すんっと真顔になる。

「俺ってMeTubeでゲーム配信やってるんだけどさ、こないだ登録者数千人いったんだよ」

「そ、そうなんだ……」

こういった自慢にしか聞こえない話題をいきなり出すあたりが、佐藤の残念なところである。

葵が引き気味なのに気付く様子はない。

彼女の反応が微妙なのには、別の理由もあるのだが。

「だからさ、連絡先交換しない？」

なにが『だから』なんだよ。

「え、えと……私、そういうのはちょっと……」

「ちょっと！　葵が困ってるでしょ」

葵を庇《かば》うように佐藤を睨《にら》んだのは、ショートカットの似合う快活《かいかつ》そうな女子だ。

晴香と葵がいなければ、クラスで一番かわいいと言われてもおかしくない美少女である。

「キミが中村君だよね。葵から色々聞いてるよ。わたしは家塚仁美《いえづかひとみ》。よろしくね」

「よろしく。色々って……？」

「ふふーん、それは女子の秘密ってヤツよ」

葵のやつ、いったい何をふきこんでるんだ。

オレの陰口を言ってるとは思えないが、それでも不安しかない。

「わたしも学年順位一桁常連の中村君に勉強教えてもらっちゃおうかな」

「ちょっと仁美。私は航に勉強を教えてもらったりしてないよ」

なぜそこでちょっと暗い顔でオレを見るんだ？

たしかに葵はあまり勉強が得意ではない。でもそれをバカにしたり、オレから自慢したりなんてことは、当然していない。

「え？　そうなの⁉　せっかく幼なじみなのにもったいない！」

「じゃあさ、四人で勉強会ってのはどうだ？」

佐藤の提案に家塚さんはちらりと葵を見る。

葵はぷるぷると小さく首を横に振った。

「だそうよ」

「おい、中村からもなんか言ってくれよ」

「オレもイヤだが？」

「中村ぁぁ……」

がっくりと肩を落とす佐藤である。

すぐイキって調子にのる彼となんだかんだでつるんでいるのは、どうにも憎《にく》めないところがあるからかもしれない。

葵と家塚さんが席に戻ったあと、腕組みをした佐藤がしみじみと頷《うなず》いていた。

「どうした？」

「影川さんって、お前の前だとあんな顔で笑うんだなって」

「そんなにしみじみ言うことか？」

「クールビューティーってイメージがあったからなあ」

「クールねぇ……」

葵が見た目からそう言われがちなのは知っている。

だが、普段のあいつを知っていると、絶対そんな言葉は出てこないんだよな。

その日の夜、オレはいつものように二人分の夕食を作っていた。

ちょうど料理ができあがる頃、玄関の鍵を開けて晴香がやってきた。

「ただいまー」

「んん～いい匂い。今日は久しぶりにスープカレーかな？」

「鶏手羽元《とりてばもと》が安かったからな」

「やった！　楽しみ～」

勝手知ったる他人の家という感じで、晴香はブレザーをハンガーにかけ、洗面所で手を洗うと、テーブルについた。

「ちょっと聞いてよー。今日さ、ＭｅＴｕｂｅ用の番組タイアップ配信動画収録だって言ったじゃない？　ディレクターの無茶ぶりがすごくてさあ。やっぱり顔出しでアドリブのあるお仕事は向いてないんだよねぇ」

「そうかもな」

「ちょっとー、そこはフォローするとこじゃない？　ちゃんと乗り切ったんだからね！　配信楽しみにしててよ？」

「おう、見る見る」

冗談めかしてはいるが、晴香が中二でデビューして以来、そのことでずっと悩んでいるのを知っているので、反応に困るのだ。

仕事としてやっているコイツに、てきとうな慰《なぐさ》めなんてしても無意味だろうしな。親の脛《すね》をかじっている身のオレが、先に社会に出た幼なじみにかけてやれる言葉は見つからない。

何を言っても軽い言葉に思えてしまう。

「まあこれでも食べて元気出せよ」

「わ！　ターメリックライス！　スープカレーにはこれよね。レーズンは？」

「もちろん用意してある」

晴香はスープカレーの時、らっきょうや福神漬けの代わりに、なぜかレーズンを添《そ》えるのだ。

このセットが、晴香の好きな食べ物ランキングでベスト3に入る。

ちょっと手間のかかる料理ではあるが、動画撮影の仕事だと聞いていたので、今夜はこれにしたのだ。

「航、ありがとね」

「なにがだ?」

「ん~? ご飯作ってくれて」

「いつものことだろ。ちゃんとご両親から材料代はもらってるしな」

もともと仕事で留守がちだったうちの両親はオレの高校入学と同時にそろって海外赴任、おとなりの日向家の両親も夕食時間にはなかなか帰れない仕事をしている。

ということで、高校入学と同時に晴香はうちで夕食を取るようになったのだ。

「そうなんだけどね。航はすごいなって」

なぜか晴香は少し寂《さび》しそうな顔をした。

「晴香の方がすごいだろ。立派にプロの声優として働いてるんだ」

「えへへ……」

最近晴香はオレの前で、この曖昧《あいまい》な笑みを浮かべるようになった。

ファンやクラスメイトみんなに好かれる晴香とは違う、何かを誤魔化すような笑み。

この顔を見ると、胸の奥がしめつけられそうになる。

「葵の配信が始まっちまう。観ながら食べようぜ」

オレはテレビをＭｅＴｕｂｅに合わせる。

選んだのは『バイオレット・Ｓ・アンイルミチャンネル』だ。

２Ｄや３Ｄのアバターを使って配信を行うバーチャルＭｅＴｕｂｅｒ、いわゆるＶＴｕｂｅｒのチャンネルである。

生配信開始まであと一分。

今は『デビュー半年記念配信』と書かれたサムネイルが表示されている。

「すご……同接視聴者が三万人もいる……」

晴香が驚くのも無理はない。

まだ配信開始前だというのに、すでにそれだけの人数がチャンネルを見ているのだ。

テレビタレントでさえこの数字を出すのは容易ではない。

「三人でご飯を食べなくなって、もう半年なんだな」

高校一年の前半まで、うちで毎晩開かれる夕食会には葵もいた。

葵の家は隣の高級マンションなのだが、幼稚園の頃から家族ぐるみの付き合いだ。

うちの両親が海外赴任になる際、それならばということで、葵も一緒にうちで夕食を食べることになったのだ。

しかし彼女はこの時間、忙しくなってしまった。

バイオレットとしての活動をするためだ。

同時に晴香と葵はどこか気まずそうにするようになった。

幼なじみ達の活躍は喜ばしいことなのだが、ちょっと寂しく思ってしまう自分に罪悪感を覚える。

幼なじみががんばっているんだ。

全力で応援してやらなきゃウソってもんだ。

影川葵　デビューから半年だよ

ミュートの解除よし！

私は画面をサムネから配信へと切り替え、大きく息を吸い込んだ。

「VTuber事務所2D《ツーディー》スコープ三期生、バイオレット・S・アンイルミだよ！　みなさん見えてるー？」

カメラに向かって手を振ると、画面の中のアバターが僅《わず》かに遅れて同じ動作をした。

十七歳の魔女見習いという設定のアバターは、とんがり帽子に胸元の大きく開いた黒のワンピースという、いわゆる魔女スタイルだ。

これがかれこれ半年の付き合いになる私の分身、バイオレットである。

配信のコメント欄が加速する。

[こんいるみー]

[今日もかわいい]

[挨拶《あいさつ》忘れてる]

「あ、はいはい。挨拶ね、忘れてないよ、こんいるみー」

このトンチキな挨拶が、チャンネルの開幕儀式である。

いやまあ、トンチキとは言ったけど、考えたの私なんだよね。

本当は、バイオレットの出身地の言葉や文字まで考えてて、それを使った挨拶をしようとしたんだけど、運営さんに止められてしまったのだ。

さすがに視聴者《リスナー》がついて来られない、だって。

絶対そっちの方がかっこいいのにね。

「今日はデビュー半年記念配信を観に来てくれてありがとう！　わっ、十万人⁉　すご……ありがとね」

色々あって勢いで受けた大手VTuber事務所に所属して半年。

短い間に色々あった。

「今日は過去配信の切り抜きをみんなで見るよ！　〇・五歳記念だからね！」

[十七歳だったのでは?]

[赤ん坊だったか。納得した]

「いま『納得した』ってコメントした人、覚えたからね？　明日起きたらひきがえるになる呪いをかけとくからね」

[ひっ]

[圧こわ]
[バーちゃんになら呪われたい]
そんな茶番をこなしつつ、私は事前に選んでおいた自分の切り抜き動画を配信画面に流す。
最初に選んだのは初配信である。
[ういういしい]
[この頃はまだ正統派]
「まだって何？　今でも正統派ヒロインポジなんだけど？」
しっかり清楚《せいそ》キャラでやってきたはずなのに、うちのファンはすぐに私を色物扱いする。
切り抜き動画は、初配信で話した好きなアニメの話題になった。
私があげたのは『ギャラクシーナース』だ。
当時も今も、私の魂《たましい》に深く刻《きざ》まれている作品だ。
この作品がなければ、声優を目指して挫折《ざせつ》することも、VTuberになることもなかった。
[いやあいいよね『ギャラナス』。小学生の頃、夢中になって観てたなあ。視聴者に勇

気と愛を与える感動冒険活劇だよね」
うんうん、当時の私はいいことを言ってるなあ。
ギャラナスは全世界の人類に見てほしい。
[この頃から変なこと言ってる]
[正統派の時期なんてなかった]
[高校生の頃、の間違いでは？]
コメント欄の反応おかしくない⁉
特に最後のヤツ。なぜか私はアラサー扱いされることが多い。
すっかり、アラサーだけど十七歳という設定でやっているVTuberということになっている。
ほんとに今年で十七歳なんだけどなあ。
「宇宙をまたにかけるナース達が、戦闘機で戦いながら、ちくわになったり、殺人バレーをしたりする話だよ⁉　生きる希望が湧いてくるでしょ！」
[なにそれトンデモすぎん？]
[不条理ギャグアニメの間違いでは？]
むう……みんなわかってないなあ。

たしかに、一緒に見てた航や晴香はゲラゲラ笑ってたけどさあ。
「主人公のランランが水星の高校に潜入捜査するはずが、番長を倒してしまって新番長になるラブコメ回なんて、涙なしには語れないよ！　ナースキャップで黒板を消すシーンなんて、ぼろ泣きだったからね」
［小学生がアニメ見て泣くことなんてある？］
［やっぱり年齢詐称《さしょう》か］
［みそじさんお疲れ様です］
［好きな歌が昭和だしなあ］
［ナース設定どこいった？］
［この『消す』って、ほんとに黒板を消滅させてるからな］
［ランランはサブヒロインのはずなんだが、バイオレットの中では主人公なのか……］
［白羽《しらはね》ゆりかのデビュー作にして黒歴史］
「みんな私のファンなのにギャラナス観てないの⁉　見て！　今すぐ！」
［配信みるのやめていいの？］
「いいよ！　ギャラナスに勝る配信なんてないよ！」
［言い切った］

[正統派とは?]

そんなこんなでデビュー半年記念配信の時間は楽しく過ぎていく。
サムネの用意や、こういった企画もVTuberのお仕事だ。
その他、事務所が持ってくる案件や3Dライブの準備など、色々とやることがある。
放課後のほとんどの時間は、VTuberの活動にとられてしまう。
今頃、航と晴香は仲良く私の配信を観ているのだろうか。
はぁ……私ってばなにやってるんだろう。
晴香は声優としてがんばってて、航は学年トップクラスの成績。
それなのに……。
ううん、違う。
ファンのみんなは私の配信を楽しみにしてくれているんだ。
集中しないと申し訳ない。
今日もいっぱい失敗してしまった。
リスナーからは、狙ったわけでもないボケへのツッコミもいっぱいもらってしまった。

晴香ならもっと上手《うま》くやるんだろうけど、私は私なりにがんばるだけだ。

何より、私の配信を航が褒《ほ》めてくれている。

今まで何をやってもダメだった私だけど、これだけはがんばるんだ。

……でもそれだけじゃあ、きっと私だけが三人の中で置いて行かれてしまう。

そんなのイヤだ……。ぜったいに。

その時、私の脳裏《のうり》に浮かんだのは、同じ事務所のＶＴｕｂｅｒが防音のために引っ越したというエピソードだった。

日向晴香　ネガティブなあたし

航が葵の配信を夢中で観ている。

目の前にいるのはあたしなのに。

そう思ってしまう自分がイヤだ。

わかってる。

今日は大事な配信だから応援してるんだって。

そんな航だから、あたしはずっと彼が好きなのだと。

でもね、収録後の飲み会を断るって、とってもお仕事の上で不利になることなんだよ。

もちろんそんなことは口に出したりしない。

もともと飲み会は苦手だし、私が勝手にやっていることなのだから。

それとなく、今日のお仕事が苦手な内容だと漏《も》らしておいたのもあたし。

そうしておけば、航が気を遣ってあたしの好きなものを作って待っていてくれるだろうと期待したのもあたし。

葵とケンカをしちゃったのも……あたしなのだ。

やっぱりあたしはイヤな娘《こ》だ。

学校ではみんなに好かれる日向晴香。

お仕事でもみんなに好かれる日向はるか。

こうなることを選んだのはあたしなのに、どうしてもネガティブな思考が頭の中を駆け巡る。

ふと目に入る、番組への同時接続数十万という数字。

アーカイブは百万再生以上行くのだろう。

一方、あたしが今日収録した番組は、多いものでもせいぜい十万再生がいいところだ。

葵はすごい。

声優になりたいと言っていた彼女は、新しい舞台で立派に走っている。

それなのにあたしときたら、デビュー当時こそ中学生声優としてちやほやされたものの、最近はお仕事も減ってきている。

航だって、学年順位一桁常連の成績だ。しっかり地に足をつけてがんばっている。

三人の幼なじみの中で、あたしだけが置いて行かれそうだ。

そんなのイヤだ。

「デザートにしよう」

航が冷蔵庫から出してきたのは、ケーキ屋さんの箱だった。

アイドル声優としてメディアに出るあたしは、永遠のダイエッターだ。

ケーキなんて、仕事のイベントくらいでしか食べない。

今日のスープカレーだって、野菜が多めでしっかりカロリー計算がされた量だった。

異性の……大好きな幼なじみに摂取《せっしゅ》カロリーを把握《はあく》されてるのはどうなんだって気持ちにはなるけど。

「今日くらい、いいんじゃないか？　葵のお祝いってことでさ。ちゃんと低カロリーなヤツを買ってきたし」

そう言っておきながら、用意してくれたのは、あたしの好きなチーズケーキだった。

葵の好きなチョコレートケーキではなく。

航はチーズケーキがちょっと苦手なはずなのに。

あたしの気持ちはどこまで航にバレているのだろうか。

せっかく葵のお祝いだというのに、チーズケーキを用意してもらって、葵よりも大事にされたと思うイヤな娘だって、バレてしまっているのだろうか。

「だよね、お祝いだもんね」

美味《おい》しいはずのチーズケーキは、何の味もしなかった。

中村航　アイドル声優の先生というと語弊がある

いつものように、晴香と並んで夕食の洗い物。

葵の動画を観ている間、どこか表情の暗かった晴香だが、今は鼻歌を歌いながらオレの渡した皿を拭《ふ》いている。

「んー、届かない。これしまって」

晴香が棚の上段に向かって手を伸ばすと、エプロンの下からボリュームのある胸が主張してくる。

「手が濡《ぬ》れてるから、そっち置いといてくれ」

学校一の美少女による制服エプロンも、それほど狭《せま》くはないキッチンで触《ふ》れあう肩も、すっかり日常の一コマである。

その日常にいたはずの晴香と葵がなんだかよそよそしくなったのはいつからだろうか。

葵がデビューして夕食に来られなくなった半年前……ではない気がする。

デビュー後しばらくして、二人はあまり話さなくなった。

以前はたわいない話で賑《にぎ》わっていた、メッセージアプリの三人グループも、最後の書き込みは三ヶ月前だ。

オレはちらりと、すぐ隣に立つ晴香の顔を見る。

「どしたん？」

目の合った晴香が、ぴょこんと首をかしげた。

キッチンに立つ前に結《ゆ》わえたポニテが揺れる。

葵と何かあったのか、以前聞いてみたことがある。

その時ははぐらかされてしまった。

葵に聞いてみても同じだった。

もう一度同じ質問をしても結果は変わらないだろう。

「もしかして、あたしのかわいさに気付いちゃった？」

「いや、晴香がかわいくないって言うのは無理があるだろ。そんなこと言うのは一部のネットの連中だけだ」

「んあっ……。航ってば、ときどき恥ずかしいこと言うよね」

「んぐっ……。みんなそう言うってだけで、オレの感想じゃないからな」

「ふーん？」

「なんだよう」

「べっつにぃー？」

にやにやするんじゃない。恥ずかしいだろ。

「一緒に勉強するんだろ」

「あれえ？　ごまかしたぁ？」

「教えてやらんぞ」

「ごめんごめん。よろしくね、先生」

エプロンを外し、ポニテを解《ほど》いた晴香が食卓テーブルへと戻っていった。

オレはホットミルクを二人分用意し、晴香の隣に座る。

「今日くらい勉強は休んでもいいんじゃないか？　疲れてるだろ？」

「だめだよ。いつお仕事が入るかわからないから、貯金作っとかないと」

「がんばりやだなあ」

「えへへ、特進クラスに行きたいからね。あ……」

そう言ってから晴香は、しまったという風に口を手で覆《おお》った。

「そうなのか、初めて聞いたぞ」

「ほ、ほら。いつまで声優の仕事を続けられるかなんてわからないじゃない？　だから、勉強もがんばっておかなきゃなって。それに、成績を落とさないって条件で、親に声優の仕事を許してもらってるし」
「そういうことなら協力するよ」
うちの幼なじみは本当にすごい。
オレなんて勉強だけで精一杯なのに、晴香は仕事と勉強の両立をし、葵にいたっては
そこらのサラリーマンよりよっぽど稼いでいる。
二人と並べる人間であるためには、オレももっとがんばらなきゃな。
そんな大事な幼なじみであるだけに、また前のように仲良くしてほしい。
おせっかいと言われるかもしれない。
でもオレにできることがあるならなんとかしたい。
当人達以外で何かできる人がいるなら、きっとそれはオレなのだ。
いや、そうでありたい。

◇◆◇

週末、晴香は勉強をしにうちにやってくる。
午前中は事務所でダンスと歌のレッスン、午後は仕事がなければ勉強というのが晴香

の土曜日だ。

太も丸出しのラフな部屋着姿の彼女からは、石鹸《せっけん》の良い匂いがする。

レッスンの汗を流したばかりだからだろう。

「よし正解だ。先週できなかった問題、ちゃんと解けるようになってるな」

「えへへ、先生がいいからだよ。はい、ご褒美《ほうび》」

晴香がポッキーをオレの口につっこんできた。

「ご褒美をもらうのは晴香の方では？」

「そう思う？　なら、はい」

口を開けた晴香がじっとオレの目を見つめてくる。

仕方なくその口元にポッキーを差し出す。

小動物のようにカリカリとポッキーをかじるこの様子、ファンからしたら垂涎《すいぜん》もののかわいさだろう。

「あたしのは食べてくれないのかな？」

わざと頰《ほお》をふくらませてみせる晴香には抗《あらが》えず、オレもポッキーをかじる。

「んん？　照れたでしょー。はい、あたしの勝ちー！」

「いつから勝負になったんだよ」

小さい頃から一緒にいたといっても、こっちだって年頃の男子なのだ。

そりゃあ照れもするだろ。勘弁してくれ。

「そういえばさあ、お隣に誰か引っ越してくるんだね。引っ越し業者さんがばたばたしてたよ」

晴香がシャーペンで壁の方を指した。

「そっちは晴香の家では？」

「あ、こっちか」

えへへ、と反対側を指しなおす。

「先月から空《あ》き部屋だったからな」

駅からも近く綺麗《きれい》なこのマンションは、意外と庶民も手が届く価格の物件として人気があるそうだ。

すぐに入居者が決まってもおかしくないだろう。

「ご近所トラブルにならない人だったらいいね」

「怖いこと言うなよ」

こういう時だけは、一人暮らしが少し心細くなる。

そうしてじゃれ合いながら勉強していたら、いつの間にか夕食の時間になっていた。

「そろそろご飯を作るよ」

「あたしも手伝う」

立ち上がる晴香を手で制する。

「今日の復習でもしといてくれ。仕事をしてる晴香はただでさえ他の人より時間がないんだからな」

「いつもごめんね」

「そこは『ありがとう』だろ？　これでも、声優日向はるかのファン一号なんだからな。これくらいさせてくれ」

「古参アピールっすか」

「よしわかった。食べながら問題出すから、しっかり復習しておくように」

「あーん、ごめんてー。せっかくの料理の味がわからなくなっちゃうよう」

今日のメニューは鶏胸肉の照り焼きだ。

ダイエットのことを気にしているようだったし、高タンパク低脂肪なメニューである。

午前中に漬け置きをしておいたので、あとは焼くだけの簡単調理だ。

これなら晴香を待たせずにすむ。

「わぁ、美味しそう！」

勉強道具をかたづけた晴香が、料理の載ったお皿を運んでいく。

その時、インターホンのチャイムが鳴った。

モニターに映っているのは……葵？

時計を見ると、十九時を過ぎている。

葵がうちに来るのは数ヶ月ぶりな上、女子高生が一人で男子の家を訪ねるには遅い時間だ。

半年前はこの時間まで三人でいたのだが、妙に緊張してしまう。

「え？　葵？」

モニターを覗《のぞ》き込《こ》んだ晴香の顔が一瞬こわばったが、すぐいつもの笑顔に戻る。

晴香の反応は気になるが、葵を無視するという選択肢はない。

それに、二人の仲がよくなるきっかけになれば嬉《うれ》しいしな。

「よかった。開けてくれなかったらどうしようかと思っちゃった」

ドアを開けると、学校指定のジャージを着た葵がほっと胸をなでおろしていた。

「いやいや、葵を無視するとかないから」

「でも、晴香が来てるんでしょ？」

「なんで晴香がいると葵を無視するんだよ」

そんな風に思われるのはちょっと悲しい。

「だってほら、健康な男女が二人きりなんて……」

「おいおいおいおい」

何を言い出す気だ？

「ホットヨガをしてるに決まってる！　えっち！」

「ヨガ……うん、してないけどな。あとホットヨガは別にえっちじゃない」

たしかにあのコスチュームは……いやいや、あくまで動きやすい格好なだけだし。

「ほんと？　二人仲良く火を吹く練習したりしてない？」

「ホットヨガのホットってそういう意味じゃないから」

火を吹く練習がえっち？

「え⁉」

これが葵だったわ。

なのに学校では、よく知らない連中からクールビューティー扱いされているというのだから、他人の評価はあてにならない。

「ホットヨガ、やりたいのか？」

「そりゃそ――ちがうよ！　そんなえっちなこと考えてないからね！　それに、やるとしても航とだけだから！」

「お、おう？　……うちで一緒にやってくか？」

ホットヨガのやり方なんて知らないが、レッスン動画ならいくらでもころがっているだろう。

「え？」

一瞬、葵の顔がぱあっと明るくなったが、すぐに困惑に変わる。

これは押せばいけるのでは。

葵と晴香を会わせるチャンスだ。

「これから夕飯だけど、もう一人分くらいならすぐ用意できるからさ」

「もう一人……ううん、やめとく」

ああしまった……。

招《まね》かれざる客だと思われてしまったかも。

「遠慮はいらないんだぞ。三人で食べた方が楽しいしさ」

「やめとく。部屋の片付けもあるし」

今度は、頭に「今日は」などもつかないはっきりとした拒絶だ。

「そうか。いつでも来てくれよ」

「うん、時間ができたらそうする」

何度聞いたかわからない断り文句だ。

「今日は引っ越しの挨拶に来ただけだから」

「引っ越しって……まさか隣に⁉」

「うん、これからはお隣さんだからよろしくね」

「前のマンションは？」

よほどの事情がないと、あの高級マンションからここに引っ越してはこないと思うのだが。

「パパとママが住んでるよ？」

「ん？」

「ほあ？」

会話がかみあってない気が……。

「まさか一人暮らしするのか?」

「自分で稼いでるんだし、航の隣の部屋ならいいよってパパがとママが許可をくれたの」

「相変わらず放任主義だなあ」

それにしても行動力ありすぎでは?

「ほら、Vのお仕事って大きい声を出すからさ。この機会に防音室も買っちゃったの」

「高校生のする買い物とは思えんなあ」

内容的にも、おそらく金額的にも。

「というわけではいこれ」

葵が手渡してきたのは、近所にあるケーキ屋さんの箱だった。

「ええと……誕生日はまだだが?」

「誕生日は私と一緒にケーキを食べたいって、コト?」

「そんなこと言ってないが。いや、ぜひそうしたいな」

三人で。

「あ……」

一瞬目を泳がせた葵は、ケーキの箱をぐいっと差し出してきた。

「引っ越しモンブラン」

「そばの間違いでは？」

「でもほら、形は麺《めん》っぽいし、こっちの方が強いよ？」

「つよ……？　う、うん……？」

この葵節、久しぶりに聞いた気がする。

何を言っているのかは相変わらずよくわからないが。

『バイオレット語録』なんてものがネットに作られてるくらいだし、いまさら驚くことではない。

とりあえず、全国のそば屋さんに謝った方がいいんじゃなかろうか。

なんならモンブランにも失礼かもしれない。

「それじゃあね」

葵はモンブランをオレに押し付けると、自分の部屋へと帰っていった。

一緒にご飯はだめで、隣に引っ越してくるのはOKという謎基準が実に葵らしい。

リビングに戻ると、勉強道具を胸にかかえた晴香とぶつかりそうになった。

玄関でのやりとりに聞き耳を立てていたのだろう。

「帰るのか？」

「うん、また明日も来ていい？」

「それはもちろんだが、コレ食べていかないか？　二つ入ってるみたいだ」

「でも……航が葵からもらったものでしょ」

「言ったろ。二つ入ってるって」

二人分用意されているのはどういう意味なのだろう。

少なくとも葵は、晴香がここにいることがわかっていて、二つ買ってきてくれた。

それでも「晴香と一緒に食べてね」と言われなかったことが、二人の距離感を物語っている。

引っ越しそば二杯は露骨すぎるからモンブランにした、というのは……葵だしなあ……さすがに考えすぎだろう。

「あたし、ダイエット中なんだけど……」

皿に移したモンブランを前に、晴香は浮かない顔でフォークをさまよわせている。

「じゃあ半分」

オレは食器棚から皿を取り出し、晴香のモンブランを半分、自分の皿に移した。

「なあ晴香、葵と何があったか聞いてもいいか？」

二人の様子がおかしくなった直後、軽く聞いてみたことはある。

その時にはぐらかされて以来、聞けずにいたことだ。

最初はすぐに落ち着くだろうと思っていた。

しかし長引くにつれ、触れにくくなってしまった。

でも、このままでは絶対にダメだ。

「それは……」

「言いたくなかったらいいんだけど」

晴香を苦しめたいわけじゃない。

「ごめん、言いたくない」

「いや、いいんだ。ただ、前みたいに晴香と葵が仲良くしてくれたら嬉しいと思っただけだよ」

「うん……ごめんね」

晴香はしゅんと俯《うつむ》いてしまった。

「こっちこそごめんな。こんな雰囲気《ふんいき》にしたかったわけじゃないんだ。引っ越しモンブラン食べようぜ」

「うん」

晴香は小さく切り分けたモンブランを口に運んだ。

「美味しい」

寂しそうでありながらも優しい微笑《ほほえ》み。

この表情を見るかぎり、また昔みたいに三人で笑える日はくると思うんだよな。

引っ越しモンブランをペロリと平らげ、二人分の皿をキッチンに下げる。

「葵はズルイなあ……」

晴香がそう小さく呟《つぶや》いた言葉の意味を、オレは推《お》し量《はか》ることができなかった。

日向晴香　これだけは譲れない

航の部屋から帰ってきたあたしは、ベッドの上でうずくまる。
葵に対して『ズルイ』なんて言葉が自分の口から出るとは思わなかった。
彼女がズルイんじゃなく、スゴイんだってことはあたしが一番よく知っているのに。
あんなことを言ってしまったのは、自分がふがいなく、弱いからだ。
航に聞こえてなければいいんだけど……。
今日もまた自己嫌悪で沈んでいく。
明るく元気な日向晴香にしか価値はないっていうのに。
机の上に広げた問題集は、一問も進んでいない。
あたしは壁に飾られたチェキを見て、ため息をついた。
中学の学園祭で、葵と一緒に撮ったもの。
葵に誘われて、声優デビューオーディションを受ける前だ。
二人とも無邪気に笑っている。
あのオーディションを受けなければよかった？

今すぐ声優をやめればいい？

結果の変えられない問いと、答えの出ている問いが頭の中でぐるぐるまわる。

そんな思考を中断させたのは、リビングから響いてきた食器の割れる音だ。

「お茶碗《ちゃわん》のすみにご飯をこすらないでって何度言ったらわかるの！」

「細かいことにうるさいんだよ！　しゃもじの米をどう取ろうがいいだろ！」

「お箸《はし》で取ってって言ってるでしょ！」

いつも帰りが遅く土日も出勤しがちな教師の父と、そもそも夜勤もあるシフト制で働いている看護師の母は、あまり顔を合わせることがない。

しかも、たまに会えばいつもこうだ。

どうでもいいことで大喧嘩《おおげんか》。

私にとって『家族』という単語で最初に連想される言葉は『怒鳴り声』である。

小さい頃はこうではなかった。

いつから両親が不仲になったのかはわからないし、知りたいとも思わなくなった。

とても厳しい両親だけど、学校の成績をある程度キープできていれば機嫌は悪くならない。

勉強をきちんとしているうちはという条件付きで、反対されている声優の仕事も続けさせてもらっている。

両親の怒鳴り声から逃げるように、スマホに繋《つな》いだイヤホンで耳を塞《ふさ》ぎ、マネージャーから資料として送られてきたアニメを観る。

脇役ではあるけれど、久しぶりに決まったレギュラーだ。

何より、昔三人でよく観たアニメの十年ぶりの続編である。

思い出の作品――『ギャラクシーナース』に出られてとても嬉しい。

早く航に報告がしたい。情報解禁まで待ちきれない。

葵への報告は……機会があったとしても少し気まずいかもしれない。

あの娘は、この作品を本当に愛していたから。

『ギャラナス』はカルトな人気を誇《ほこ》る不条理ギャグアニメで、航とあたしはゲラゲラ笑いながら見ていた。葵だけはよくわからない感動のしかたをしていたけれど。

あの頃から葵は独特の感性を持っていた。

それが今は、ＶＴｕｂｅｒとしての武器になっている。

顔出しの仕事が多いアイドル声優のあたしにとっても個性は大事だ。

お芝居《しばい》は好きだけど、自分自身を切り売りするのは正直苦手だ。

作品を通して役になりきることはできても、自分を作ることは得意ではなかった。

それが、今の人気低迷の原因だとはわかっている。

演技を褒めてもらえることは多いけれど、それだけで生き残っていけるほどこの業界は甘くない。

事務所も、あたしが若いうちにファンを獲得してほしいと望んでいる。

わかってはいるけれど、どうしても上手くやれない。

悔《くや》しさで溢《あふ》れそうになる涙をぐっとこらえ、画面に集中する。

葵《バイオレット》のような人気者ではないけれど、『ギャラナス』に声をあてられるのはあたしが声優だからなのだ。

この仕事だけは譲れない。

がんばるんだ。

エピソード2　特訓をする幼なじみ

中村航　朝帰りじゃないぞ

葵《あおい》が隣に引っ越してきてから三日。

いつものように晴香《はるか》が帰った後、勉強をし、ベッドに入る頃には日付が変わっていた。

そしてオレはスマホでアプリを立ち上げる。

『プロジェクトアイドルコンクエスト』のタイトル画面が表示された。

これは晴香が出演していたアイドルアニメのアプリだ。

リリース当初はかなり話題になったリズムゲームである。

運営開始から二年たっており、アニメの続編が作られていないこともあり、人気は落ち着いてしまっている。

それでもオレは毎日このアプリを遊んでいた。

課金をする経済的余裕はないが、ためておいたガチャ用アイテムは、晴香が演じるキャラに全て使っている。

ゲーム画面から幼なじみの声が聞こえて来るってのは不思議なものだ。

デイリーミッションをこなしていると、スマホにメッセージが届いた。

（葵）ねーねー

（航《わたる》）どした

（葵）FPSってしたことある？

（航）ゲームの？

（葵）そうそう

（航）少しなら

（葵）やった！

（葵）今度、FPSの配信イベントに呼ばれたんだけど、やったことないから教えてほしくて

（航）あんまり力になれるとは思えないけど

（葵）一緒に遊んでくれるだけでいいから
（航）そういうことなら
（葵）じゃあ今からね
（航）もうすぐ一時なんだが⁉
（葵）じゃあ朝練でどう？
（葵）夜はお互い忙しいでしょ？
（航）ＯＫ
（葵）じゃあ朝六時にね
（航）早っ！
（航）オンラインでいいか？
（葵）ヘビーシューティングフィールドってゲームなんだけど、もってる？
（航）それって、めっちゃスペック高いＰＣでしか動かないって話題になったやつでは？
（葵）たぶんそれ
（航）いやいや
（航）むりむり

（葵）そう思って、ちゃんとPC二台用意してあるよ
（航）⁉
（葵）じゃあ明日、六時にうちに来てね
（葵）お隣だから大丈夫だよ
（航）大丈夫の意味がわからないんだが⁉

それきり葵からの返信はなかった。

明日も学校あるんだけど？


いつもは七時半頃家を出て、電車一本で高校の最寄り駅まで行く生活だ。

朝六時からゲームをするなら、それより早く起きて身支度《みじたく》をするということで……。

つまり、眠い。

オレはサンドウィッチと水筒にいれたコーヒー、そして通学鞄《つうがくかばん》を持って、葵の部屋のチャイムを鳴らした。

なおすでに制服も着用済みだ。

絶対にギリギリまでゲームをするに決まっている。

葵だってそう考えているはず。

「はぁい」

玄関から出て来た葵は、紫色のネグリジェ姿だった。

たわわな胸の谷間が露《あら》わになっている。

それ以外の場所も色々とスケスケである。

「お、おい葵。その格好……」

「んあ！　ごめんね。制服に着替えておこうと思ったんだけど、朝ご飯作ってたら時間なくなっちゃって」

「それより前、隠してくれるか？」

「へ？　ひゃっ！」

慌《あわ》ててひっこんだ葵を待つことしばし。

「ど、どうぞ……」

制服に着替えた葵が、顔を赤くしながらドアを開けてくれた。

「まだ何もないけど。一人には広すぎるおうちだよ」

たしかに部屋の中はあまり生活感がない。

ほとんど身一つで引っ越してきたのだろう。

ただし、リビングに鎮座《ちんざ》しているデカイ箱を除《のぞ》いてだ。

「これが防音室かぁ」

六畳ほどのボックスのそれの中には、マイクやPCなどの機材一式が設置されている。

「このマンション、防音はしっかりしてるみたいだけど、それでも叫ぶと聞こえちゃうから」

「高いんだろ？」

「そうなの。百万円くらいしたよぅ。PCも買ったし、散財だぁ」

「すごいな。自分で稼いだ金で買ったんだろ？」

「リスナーさんのおかげだよ。ありがたいけど、なんだか不思議だよね」

葵はどこか照れたようにはにかんだ。

「練習用のPCはそっちね」

十五畳ほどのリビングにあるのは、葵が指さしたソファ、その前に置かれたテーブル、そして防音室だけだ。

とても一人暮らしのJKの部屋とは思えない。

ソファの前には、二枚のモニターが設置されていて、それぞれが別のPCに繋《つな》がっている。

防音室も含めて、この部屋にPC三台置いてない？

しかも全部ゲーミングPCだろこれ。

「防音室にあるのともう一台でよかったんじゃ……」

「それじゃあ並んでプレイできないでしょ？」

「ボイスチャットしながらって手も――」

「だめです」

「ええ？」

「だめなんです」

「はい」

すごい金の使い方だと思うけど、まあいいか……。

「一台は配信の予備になるし、もう一台はプライベート用に使えるからこれでいいの」

「そう言われると必要な気もしてくるな」

一回の配信ができなくなるだけで、オレからは想像もつかないような金額が動くんだろうし、バックアップは必要だろう。

「でしょー？　じゃあ朝ご飯食べながらチュートリアルやろう。コーヒーは砂糖二つでいいんだよね？」

葵がサンドウィッチとコーヒーを持ってきてくれた。

オレの手提《てさ》げにも同じものが入っている。

こっちは昼飯にでもするか。

「さんきゅー」

オレはかなり形の崩れたサンドウィッチをほおばる。

「美味《うま》いな」

マスタードが利《き》きすぎて舌がビリビリするが、ちゃんと食べられる。

「よかったぁ」

葵はにへらと笑みを浮かべ、自分もサンドウィッチに大きくかぶりついた。

「もぐもぐ……辛《から》ぁ⁉」

目を白黒させながらも、無理矢理飲み込もうとしている。

味見とかしてなかったやつだこれ。

葵は口をもぐもぐさせたまま、コントローラーを握《にぎ》ろうとする。

「まてまて。コントローラーが汚れるだろ」

オレは鞄からウェットティッシュを取り出し、葵の指を拭《ふ》いてやる。

「ごっくん。ありがと」

「マウスとキーボードじゃなくて、コントローラーでやるんだな」

PCのFPSゲーマーは、キーマウ派も多いと聞くが。

「配信イベントは来週末だし、慣れてるコントローラーの方がいいかなって」

「たしかにな」

とりあえず、オレと葵はソファに並んで座り、それぞれチュートリアルをプレイしていく。

昨今のゲームらしく、基本の操作方法から色々と丁寧《ていねい》に教えてくれる。

FPS素人《しろうと》のオレが出る幕なくない？

「完全な未経験者なのに、なんで葵が呼ばれたんだろうな」

こういうのって、それなりに普段からプレイしている人が選ばれるイメージがある。

「上手《うま》い人が集まる大会じゃないからって運営さんが言ってたよ。なんかね、初心者さんでも楽しめるアピールがしたいんだって」

なるほど、新規ユーザー獲得のキャンペーンってとこか。

この日はチュートリアルを終えたあと、二人だけで軽く対戦をしてみた。

「全然弾が当たらなーい！」

「パッドだと、エイムはある程度補正してくれるから、高さだけ合わせて銃を横に振ってみるといいかも」

「え、えいむ……？　こないだやったシューティングゲームのキャラ？」

「それはレイムな。狙い、みたいな意味だよ」

「はへー。ほんとだ、ちょっと自動で狙ってくれる」

「とかやってると、えいっ」

「頭がばんってなった⁉　ひどい！」

「今のがヘッドショットな」

「どうせなら、頭じゃなくてハートを撃ち抜かれたいよ！」

「……なに言ってんだ？」

「その反応は冷たくないかなぁ⁉」

あなたのところの面白《おもしろ》コメントができるリスナーと一緒にしないでほしい。

「それと、このサブウェポンっていうのと、ボタン操作間違っちゃうんだよね。アイコンの見た目も似てるしさあ」

このゲームは、メインとサブをボタンで切り替えるタイプだ。

「たしかに混乱する気持ちは少しわかる」

「でしょー？　今持ってる武器がどっちがどっちだかわからなくなっちゃうんだよね」

「じゃあ、サブにはダイナマイトでも持ってたらどうだ？　銃と見た目が全然違うから間違えないだろ」

上級者で使う人のいないネタ武器枠らしいが、どうせ二つの武器を使いこなせないなら、封印するくらいがちょうどいい。

「たしかに！　これなら赤いから、うっかり武器を切り替えちゃっても、わからなくならないね！」

「サブウェポンを使う余裕ができたら、まともな武器を装備すればいいさ」

「うん！」

嬉《うれ》しそうにする葵だが、このあと何度かダイナマイトで自爆していた。

そんなこんなで楽しくじゃれ合っているうち、あっという間に登校の時間になった。

「なんかほとんど遊んでただけって感じだったな」

「そんなことない。助かったよ」

「そうか？　ならいいが」

「それより遅刻しちゃう！　鍵しめるから先に出てー」

オレは葵に背中をぐいぐい押されながら玄関を出た。

「あ……すみません」

ドアの前でうっかりマンションの住人とぶつかりそうになってしまい、反射的に謝る。

「航？　なんでそこから出てくるの？」

そこにいたのは制服姿の晴香だった。

晴香は目を見開いた後、顔をしかめた。

「あ、晴香……」

別に悪いことをしていたわけではないのだが、言葉につまってしまう。

「ちょっと航、なにして……あ……」

オレの後に続いて出て来た葵と、晴香の目が合う。

「い、いつの間にそんな関係に……葵の引っ越しってそういうことだったのね⁉」

晴香が顔をこわばらせて後ずさる。

「なに言って……」

もしかして朝帰りと勘違いされてる？

「晴香、これは違――」

「お幸せに！」

晴香はオレ達に背を向け、全力で駆けていった。

はやぁっ！


その日一日、オレは晴香から避《さ》けられ続けた。

「おい晴香」

休み時間に話しかけに行くも……。

「ごめんね、ちょっと用事が」

すぐに教室の外へ行ってしまう。

休み時間のたびにチャレンジするも、結局晴香が収録のために早退するまで、話すことはできなかった。

メッセージアプリもしっかりブロックされている。

そこまでするか？

「なんだかんだでお前もこっち側だったんだな。よかったよかった」

そんなオレを見て、佐藤《さとう》がぽんと肩を叩《たた》いてきた。

こっちってどっちだよ。

ちっともよくないんだが？

日向はるか　こんな二十九歳になりたい

普段、収録後の飲み会や食事は、学業を理由に断っている。

だけど今日は、こうして先輩声優と一緒にご飯を食べていた。

「はるかちゃんが一緒にご飯してくれるなんて珍しいね。お姉さん嬉しい」

あたしの隣でにこにこ微笑んでいるのは、白羽《しらはね》ゆりかさん。

押しも押されぬトップアイドル声優だ。

演技派と呼ばれながら長いこと売れない期間が続き、二十五歳で出演したアイドルアニメで大ブレイク。

二十九歳になる今まで、業界のトップを走り続けている。

あたしが最も尊敬する先輩だ。

「なぜあたしだけを誘ってくれたのですか？」

白羽さんとは何度か共演したことはあるが、それほど絡みがあったわけではない。今日もあたしはゲスト出演なので、レギュラーの彼女からすれば、来週からはもう会わない相手だ。

「ん～？　はるかちゃんのことは前から気になってたからね。良い演技をするコだなーって」

彼女がふわふわと頭を左右に揺らすと、黒く艶《つや》やかなロングボブが肩口で揺れる。

飛び上がるほど嬉しい一言だ。

ファンからはアイドル声優として人気が高い彼女だが、業界内では役者としての実力こそを評価する人も多い。

NGはほぼ出さず、ディレクターの要求にも一発で応える。

それでいて、作品への理解が深く、演じられる役柄も多い。

『全ての作品において最後に決まるのはいつも白羽ゆりかだ』という噂《うわさ》まである。

演技の幅があまりに広いため、どの役にでも収まるからだとか。

この話のすごいところは、白羽さんをキャスティングしたいというのはどの作品でも大前提になっているところである。

そんな人に「演技」を褒《ほ》められることは、何よりも嬉しい。

「あ、ありがとうございます」

「あらあら、泣かないで」

「え……？」

頬《ほお》に触《ふ》れると、涙が流れていた。

「ち、ちが……これは違うんです。人前で泣くなんて……」

こういうのは葵の役目だ。

「あらあら、色々たまってるのね。私にも経験あるわぁ」

白羽さんは、私の涙を心配するでもあざけるでもなく、ゆっくりとジャスミンティーを口に含んだ。

「白羽さんにも？」

「はるかちゃんって私の若い頃にそっくり」

どこか懐《なつ》かしむような微笑《ほほえ》みすら絵になる。

この人はいったいどこからどこまでが演技なのだろうか。

「いったいどこが似ているんですか？」

あたしはあなたみたいに『持って』ない。

運も、実力も。

「まだ若いですよって言ってほしかったんだけど？」

「あうあう」

「うふふ、冗談。似てるのは、運も実力も持ってないって思い込んでるところかな」

ずばり言い当てられ、心臓がどきりとはねる。

「いいこと教えてあげる。はるかちゃんは、少なくとも演技の実力はあるよ」

「そんなこと……」

「謙遜《けんそん》はダメ。私の見る目を疑うことになっちゃうよ」

「はい……ですね」

「それと運も持ってる」

「そんなことありませんよ。なかなか売れませんし……」

そんなはずない。もしそうなら、今頃私はもっと売れているはずだし、幼なじみ達とも上手《うま》くやれているはずだ。

「はるかちゃんは今日、収録があったでしょ？」

「はい」

「ほら、運がいい」

「え？」

「この業界、実力があればやっていけるなんてこと、もう信じてないよね？」

「もちろんです」

あたしより上手くてかわいい娘《こ》が何人も消えていったのを見てきた。

芸歴の短いあたしですらそう感じるほど、実力以外の原因で消えていく人は多い……いいや、そういった人の方が多い。

「だから、今こうしてお仕事できていること自体が強運なんだよ」

「あ……」

いつのまにか、この環境を当たり前に思っていた。

自分がいつ消えるかわからないと怯《おび》えつつも、上だけを見ていた。

「だけど、ここからさらに『先』に行くには、もっと信じられないような大きい運が必要なの。私にはたまたまそれがあっただけ」

『上』ではなく、『先』という表現が白羽さんらしい。

「なんとなくわかります」

「ごめんね。こんなお説教みたいな話をするつもりじゃなかったの」

「いいえ、ためになりました」

いつの間にかあたしは傲《おご》っていたのかもしれない。

「ほんとははるかちゃんと仲良くなりたいなって思っただけなんだよ」

「なんであたしと？」

もちろん、白羽さんにそう言われて喜ばない人はいない。

彼女よりも芸歴が浅いのならなおさらだ。

「はるかちゃんの演技が私の好みだからかな」

「ありがとうございます……」

かけてもらった言葉はもちろん嬉しい。それがお世辞《せじ》だったとしても。

人の好き嫌いを演技の質で見るなんて、この人は根っからの役者だ。

反応には困ってしまうけれど。

「はるかちゃんって、自分の経験をもとに演じるんじゃなくて、別の誰かを想像してなりきるタイプでしょ」

言われてみればそうかもしれないが、あまり自覚はない。

首をかしげるあたしにかまわず、白羽さんは続ける。

「でも今日は違ったんだよね」

「演技、まずかったですか？」

音響監督さんからは一発でOKをもらったけど、実はやらかしてたのだろうか。

「ちがうちがう。すごくよかったよ」

笑顔で手をぱたぱたと振る白羽さんを見て、あたしはほっと胸をなでおろす。

「はるかちゃんさあ、最近、失恋した？」

「え……？　えっと……？」

急な質問に、しどろもどろになってしまう。

たしかに今日あたしが演じたのは、ぽっと出て来て主人公に振られるだけのサブキャラだった。

「振られたっていうか……告白する前に相手に彼女ができたっていうか……」

初めて二人で話す相手に最初にする質問がそれ⁉

ちょっと距離感おかしくない⁉

この業界で生き残っていくには必要な力ってこと？

「あら〜。だから今日は、演技がキャラクターじゃなくて、はるかちゃんだったのね」

そこまでわかるんだ……。

すっごい恥ずかしい。

あたしはそのまま白羽さんに色々話してしまった。

幼なじみがＶＴｕｂｅｒとして人気だとか、そのＶＴｕｂｅｒがもう一人の幼なじみと付き合ってるっぽいとか。

白羽さんが優しい笑顔でうんうん頷《うなず》いてくれるのを見ていると、つい話しすぎてしまう。

いやもう聞き上手すぎない？

これが業界トップの実力ってやつ？

「つまり、はるかちゃんはそのＶＴｕｂｅｒさんが大切なんだね？」

「どうしてそういう結論になるんですか」

航のことを言われるならわかるけど。

「あら違うの？」

「ちが……うう……んん……」

違わ……ない。

違わないんだけど、改めてそう言われると、今の自分が本当にバカみたいだ。

「そういう時はぶつかっていくしかないじゃん」

「それはそうなんですけど……」

「……なんて言う人もいるけどさ。そんな簡単にいくかよーって思うよね」

白羽さんは、顔をしかめ、イーッと口を横に引いた。

そんな様子もかわいいのだからズルイ。

「まわりがどんどん売れたり、別の道を見つけて行く中、こっちは必死でしがみついてるってのにね。まだ若いなんて言うけど、自分にとっては今が人生で一番年寄りなのにねえ」

柔らかい口調や雰囲気《ふんいき》こそいつもの白羽さんだが、その奥には強い実感がこもっていた。

「意外でした。そういうグチなんて言わない人かと……」

「んふふ。私だってたまにはね」

あぁ、この人はあえてあたしにこんな話をしたのかもしれない。

それほど接点の多くない後輩のために。

「ありがとうございます」

「んん？　なにが？」

白羽さんがにこりと微笑む。

こうしてお礼を言えたことも含めて「正解」だったようだ。

「ちょっとお手洗いに行ってくるね」

白羽さんが席を立つと、あたしのスマホが震えた。

数ヶ月書き込みのなかった、幼なじみ三人のグループチャットの通知だ。

書き込んだのは航。

個人をブロックしても、こちらの書き込みは見れてしまうらしい。

そもそも、ブロック自体がやりすぎだった。

今朝は頭の中がぐちゃぐちゃになり、勢いでやってしまったけど、いまさらものすごく後悔している。

航に嫌われたらどうしよう。

お腹《なか》がキリキリと痛くなってきた。

私は薄目でアプリを開く。

(航)今朝のはゲームの朝練だ
航がこの一言を送るのに、何度も書き直す様子が目に浮かんだ。

謝ろう。

ブロックはやりすぎた。あとで戻しておこう。

というより、あたしの一方的な勘違いなのだから、やりすぎたも何もない。

あたしが悪い。

今日は何かお土産を買って帰ろう。

朝一で食べても重たくないものを……二人分。

「あらあら、かわいい顔しちゃって。青春だねえ」

いつの間にか戻ってきていた白羽さんが、あたしの顔を見てにやけている。

「あたしの顔は世界で二番目にかわいいですから」

「あら、一番は？」

「もちろん白羽さんです」

「高校生のみそらで、世間に揉《も》まれてしまいましたなあ」

「なぜそこで悲しい顔を⁉」

よよよ、と泣き真似《まね》をしてみせる白羽さんは最強にかわいい二十九歳だった。


もう夜も遅い時間だというのに、航はあたしを待ってくれていた。

でもちょっと怒っていた航は、あたしの好物をテーブルに並べ、「全部食べるまで許しません」と頬をふくらませてみせた。

明日から、走り込みの量を増やさないとなぁ……。

中村航　これって見ちゃダメなヤツでは？

昨晩晴香が二つ差し入れてくれたヨーグルトプリンを朝ご飯代わりにしつつ、オレと葵はゲームの練習をしていた。

「オレも下手《へた》くそすぎなんだけど、練習になってるかこれ？」

互いにチャンスを逃すそのプレイはもはや、じゃれ合っているようにしか見えない。

「なってるよ！　夜は事務所の人たちと配信しながら練習してるけど、みんな上手くてよくわからないうちにやられちゃうからね。航くらいの相手の方がいいんだよ」

そういうものか？

たしかに、一方的にボコられるのは、まだ操作のおぼつかない葵にとって、意味のない時間だろう。

「事務所のメンバーに下手な人はいないのか？」

「いるけど、そのコ達は今度のイベントではライバルだからね。こっちは秘密特訓をしておかなきゃ！」

「でも今夜合同練習があるんだろ？」

「あ、あるけど実力は隠すから」

「隠すほどの実力なんてないような……」

「夜までに強くなるし！」

「学校があるだろ」

「イメトレ！　イメトレで最強になります！」

「授業は聞けよ……」

　そんなこんなで、短い朝練の時間はあっという間に過ぎていった。

「よーし、とりあえず間違ってボタンを押すことはなくなったよ！」

「回復アイテムと間違えて、味方を後ろから撃たなくなっただけでも大きな成長だな」

「そう！　いままでは味方を撃ってマイナスだったのが、ちゃんと回復できてプラス！

つまり2倍の成長だよ！」

　そこまでドヤれるのもすごいが、楽しそうで何よりだ。

　ふとここに、晴香もいたらなと思ってしまう。

「この茶碗蒸《ちゃわんむ》し、甘くて美味《おい》しいね。ちょっと酸味《さんみ》があるのが珍《めずら》しいなあ」

最後の一口を食べた葵が、名残惜《なごりお》しそうにスプーンをぺろりと舐《な》めた。

「それ、ヨーグルトプリンだけどな」

茶碗蒸しだと思って食べてたのか。

「いやいや、だってプリンより茶碗蒸しの方に近い色だよ」

「色だけで判断しちゃったかあ」

「じゃあ間を取って、ヨーグルト蒸しってことで」

「それってただの蒸したヨーグルトでは……？」

間を取る意味からしてわからんが。

「これどこで買ったの？」

「晴香がくれたんだよ。昨日は変な態度とってごめんねってな」

「そう……」

テーブルに並んだ二つの空《あ》き容器を眺《なが》めながら、葵は微笑んだ。

うーん。きっかけさえあれば、仲直りできそうなんだよなあ。

実は頑固《がんこ》な二人だし、なにか大きなきっかけが必要なのかもしれないけど。

朝練を終えて玄関を出ると、今日も晴香と鉢合わせた。

「おはよ。今日も朝練？」

晴香はいつもの明るい笑顔だ。

ただ、一瞬だけ目が泳いだのをオレは見逃さなかった。

幼なじみだからな。

「昨日のことはもう気にするなって言ったろ。ヨーグルトプリンも美味しかったしな」

「んぐ……あ、ありがとね。じゃあ先に行ってるよ」

「待った」

オレは思わず晴香の手首を摑《つか》んでいた。

「おまたせぇ」

そこに葵も玄関から出てくる。

「「…………」」

一瞬目の合った二人は、互いにそっと視線を外した。

「そ、それじゃあ……」

先に行こうとする晴香だが、オレはその手首を離さない。

「さ、三人で一緒に行こう」

完全に勢いだけで提案したわけで、後先など考えてはいなかった。
左に晴香、右に葵。
両手に花の状況は、登校途中の生徒達から注目を浴びるのに十分だった。
めちゃくちゃ見られてる！
オレが二人の幼なじみだということは、一部にしか知られていない。
一年生の時はクラスも違ったし、二人と学校で一緒にいることはほぼなかったからだ。
「一緒に登校するの、久しぶりだね」
晴香が笑顔を向けてくる。
それだけで、周囲の男子達からため息が漏《も》れた。
「晴香はデビューしてから、不規則な登校が多かったからなあ」
仕事の関係で遅刻と早退の多い晴香とは、いつの間にか一緒に登校しなくなっていた。
晴香の性格を考えれば、一緒に行ける日だけでも誘ってきそうなものだ。
事実、最初の頃はそうだった。
一緒に登校しなくなったのは、晴香と葵が気まずい感じになってからじゃないだろうか？

晴香が葵を誘わなくなったことで、自然と葵も一緒に行かなくなった。

葵の場合、VTuberになってからは、活動時間が深夜にまで及《およ》ぶ影響か、朝はいつも遅刻ギリギリだというのも大きいが。

小学生の頃は三人で登校していたもんだがな。

他の男子にからかわれまくったのも、今となっては良い思い出だ。

男子小学生としては死活問題だったが、よくがんばったよオレ。

「桜の木の下には死体が埋《う》まってるってみんな言うけどさ」

葵がすでにほとんど葉桜になりつつある桜並木を眺めながら、急に何か言い出した。

「『みんな』は言ってないと思うが……それで？」

「木の根が邪魔で埋めにくそうだよね。スコップがひっかかったりしないのかな」

「避《よ》けて掘るんじゃないかな……」

相変わらず変なところを気にするヤツだ。

「私が死んだら、埋めるのは桜の木の下じゃなくていいからね」

葵はほろりと涙など流している。

「日本は火葬が基本だけどな」

「え⁉　それじゃあゾンビが出てこられないじゃない！」

「そうだが？」

「引っ越しの時に買った防災グッズ、捨ててもいいかな……」

「それはとっとけ」

ゾンビ用だと思ってたんかい。

とまあ、一見楽しい朝の会話なのだが……。

この二人、互いにいっさい会話をしない。

オレと晴香、オレと葵の会話が別々に行われているのだ。

二人ともピリついた雰囲気を出しているわけではない。

互いの会話に割り込むこともしない。

しかし、目を合わせようともしない。

この二人の仲をとりもつって、めちゃくちゃ難易度高いのでは……？

「そうだ晴香、今晩の勉強会はなしにしてくれ」

「いいけど……どしたの？」

「葵の練しゅ――」

「やっぱ理由はいいや。航だって忙しいこともあるもんね」

そこを先回りして塞《ふさ》ぐのは、オレの心を読みすぎじゃない？

共通の話題になるかとも思ったのに。

「三人とも仲いいなあ。うらやましいよ」

後ろから声をかけてきたのは佐藤だ。

仲が悪いわけじゃないけど、今のを見てそういうコメント出る？

……出るかもなあ。

表面上は三人仲良く談笑してるようにしか見えないもんな。

見た目だけじゃなく、早く本当にそうなりたいもんだ。

とりあえず今日はこんなところにしといてやろう。

オレの心がもたん。


ということで夜。

オレは葵の部屋に来ていた。

そして今、なぜか防音室の中に二人でいる。

「それじゃあ航先生。よろしくお願いします」

にっこにこの葵が、吐息がかかりそうな距離でオレに向かってガッツポーズ。

「ええと……今日は事務所のメンバーと『ヘビシュ』の合同練習だから、横でアドバイスしてほしいってことでいいんだよな？」

「そう！」

元気なお返事でよろしい。

オレの声が配信に乗らないよう、会話はメッセージアプリで行う。

「オレは防音室の外の方がいいんじゃ？」

「それじゃあデスコの画面が見えないから」

『デスコ』とは、ＰＣ上でボイスチャットやメッセージのやりとりができるアプリである。

ゲーマーや配信者に人気のツールで、広く使われている。

葵も他の配信者と通話しながら配信する際は、これを使っているらしい。

「でもそれ、オレが見てもいいものなのか？」

「事務所からの秘密の情報とかじゃなきゃ大丈夫だよ。だめって言われてないし」

ほんとかなあ？

「でもオレがデスコの画面見る意味なんてあるか？」

「立ち回りのアドバイスが欲しいって言ったっしょ？」

「デスコのやりとりとゲームのアドバイスに何か関係あるのか？」

「ないよ？」

「おお？」

「私って事務所で空気が読めないコ扱いされてるみたいなの」

「おお、空気読めてるじゃん」

「え？　ほんと⁉」

「いやいや、皮肉なんだが？」

「ちょっと航⁉」

ぷんすかとツッコんでくる葵に笑顔で返す。

ＶＴｕｂｅｒって変わり者の集まりなイメージだけど、そこで浮くってよっぽどでは？

「ほんで？」

「むう……。だから、航に事務所の人達に対してどういう立ち回りをすればいいか教えてもらいたいなって」

「立ち回りってそういう……」

「仁美《ひとみ》に相談してみたけど、配信のことも私のこともわからんって言われたんだよ。親友の言葉とは思えない！」

「それでも付き合ってくれてるんだから、親友なんじゃないか？」

「あ……そうか、そうだよね。えへへ……」

このデレ顔、葵のことをクールだとか言うヤツらに見せてやりたい。

もったいないので、オレからそれをアピールすることは絶対しないけど。

「それでね、そういうのは航に聞きなさいって、仁美に言われたの」

家塚《いえづか》のやつ、面倒ごとをこっちにおしつけやがった！

「オレになんか言えることあるかなあ」

学校の勉強ができると言ったって、自分で一円も稼げないただの学生だ。

そんなオレが、自分で稼いでいる葵にできるアドバイスなんて、それこそゲームの中のことだけではないだろうか。

「幼なじみの航にしかできないよ」

そう言って葵はオレの手をぎゅっと握ってきた。

「手、震えてる……」

「配信前はいつまでたってもこうなんだぁ。えへへ、半年もたつのに情けないよね」

画面越しとはいえ、数万人の人間に見られ、直接コメントをされるのだ。

まともな神経をしていたらすぐに潰れるだろう。

売れっ子ＶＴｕｂｅｒのことを「ゲームして楽に儲《もう》けている」なんて言う人もいるが、少なくともオレには真似できない。

さて、そろそろ時間だ。

デスコの通話ルームには、聞いたことのある名前の有名ＶＴｕｂｅｒが入室してくる。

「私も通話ルームに入るから、ここからは静かにね。今日の配信は事前に集まるタイプなの」

お口にチャックのジェスチャーをする葵に、オレは無言で頷《うなず》いた。

「お疲れ様です～」

バイオレットこと葵が通話ルームに入り、挨拶《あいさつ》をする。

『おつかれー』『おつおつー』『おつです』

配信で聞き覚えのある声が次々に聞こえてくる。

今日の合同練習メンバー達だ。

いずれも葵と同じ事務所のＶＴｕｂｅｒである。

配信直前の打ち合わせにオレがいていいんだろうか。

絶対許可なんてとってないと思うんだが。
（航）やっぱりオレは聞いちゃマズいんじゃないか？
葵だけが見られるチャットで話しかけてみる。
オレの方は音が出ないよう、スマホでの操作だ。
（葵）大丈夫。彼氏に横で助手させてるコとかもいるから
聞きたくなかった！
というか、オレ達もその状況に近くないか？
付き合ってるわけじゃないけど。
世間にバレたら炎上じゃすまないぞ。
事前に打ち合わせはされていたらしく、軽く進行の確認をした後、配信は始まった。
事務所のＦＰＳ経験者三人が、葵に教えるという流れらしい。

ちなみに今回のメンバー、チャンネル登録者数的には、葵は四人の中で二番手だ。

まずは軽く実戦に出て、葵の強さを見ようということになったわけだが。

「あ、チョウチョ。ガの怪獣みたいでかっこいいですねえ」

葵の操るキャラが、にぎやかしのために飛んでいる小さなチョウチョを追いかけて行き――

ターンッ！

頭を撃ち抜かれて死んだ。

『ちょっとバイオレット⁉』

他のVTuberから非難の声があがる。

といってもガチではなく、冗談めかしたものだ。

「はっ⁉　すみません！　このゲームでチョウチョなんて初めて見たのでつい」

『パワーアップアイテムだと思ったんだよな』

「そんな勘違いしませんよぅ。強そうだからです」

『つ、つよ……？』

他メンバーからの非難やフォローを、葵は独特の感性でなぎ払っていく。

これがリスナーに受けているのだから良いのだろうが……。

これに立ち回りのアドバイスとか難しくない？

そもそも配信中はかなりの人気者なわけで、コラボ相手は葵の人気にあやかろうという意図もあるだろう。

その時点で、オレからできるアドバイスなんてない気がする。

配信に乗らないところでの人間関係が上手くいってないというなら……それでもできることあるかなあ。

話を聞いてあげるのがせいぜいじゃないか？

オレってやっぱり子供だ。

そんな、わちゃわちゃと楽しげな時間はあっという間に過ぎ、コラボ配信はお開きとなった。

結局、まともなアドバイスなど何一つできないまま時間は過ぎてしまった。

「おつかれぇ」

配信とボイスチャットを閉じた葵が、ひょいと手をあげてくる。

「お、おう。オレは何もしてないけどな」

オレはその手に軽く触れる程度のハイタッチをする。

「そんなことないよ。航が何も言わなかったってことは、私はやらかさなかったってことだもん。それだけでもすっごい安心できるんだよ」

うぅ……不当な高評価が心に痛い。

「よーし、じゃあ反省会しちゃおう！」

おーっ、と葵が拳を突き上げたところで、ＰＣの画面にポコンとデスコの通知が届いた。

（ヨランハ）おつかれー
個人チャットで葵にメッセージを送ってきたのは、先程まで一緒に配信をしていた男性ＶＴｕｂｅｒだ。

カリブ海をイメージさせる、ノリノリなキャラが受けているイケメンである。

「ちょっと待ってね。返信しちゃうから」

（バイオレット）お疲れ様です。今日はありがとうございました

（ヨランハ）けっこう苦戦してたけど、練習大丈夫そう？
（ヨランハ）なんなら裏で手伝うよ
（バイオレット）大丈夫です。ありがとうございます
（ヨランハ）なんなら、オフで教えてあげてもいいよ
（ヨランハ）その方が細かいアドバイスもできるしね
（バイオレット）いえ、本当にそういうのは……
（ヨランハ）遠慮することないよ。久しぶりにバイオレットちゃんに会いたいしね
（バイオレット）すみません、ちょっと忙しくて
（ヨランハ）先輩の誘いは受けておいた方がいいと思うけどね
（バイオレット）はい、そう思います！
（ヨランハ）じゃあ、さっそく明日なんてどうかな
（バイオレット）いえ、やらないです
（ヨランハ）んん？
（ヨランハ）どういうこと？

葵が困った顔でこちらを見てくる。

「先輩にこびた方がいいのはわかるんだけど……」

言い方！

「イヤなんだろ？」

「うん」

葵は「うへぇ」と顔を歪《ゆが》めた。

「こうやって誘われること、よくあるのか？」

「3D配信のために事務所に行った時に一度会ったんだけど、それからしょっちゅう……。でもでも、オフで会ったり、裏で遊んだりしたことはないよ！」

「まじか」

ほぼストーカーじゃないか。

葵は美人だからなあ。そういうヤツが出て来ても不思議じゃないが。

「どう断ったらいいんだろう？」

ここまでアグレッシブになるヤツの気持ちなんてわからんが。

「んー、はっきり断るしかないかなあ」

「何回も断ってるんだけどなぁ」

「マメだな……。それだけ葵に魅力があるってことだろうけど」

「え、えへへ？　そうかな？　航もそう思う？」

く、口がすべった。

「葵はモテるからな……」

「んー？」

葵はいたずらっぽい笑みを浮かべながら、オレの顔を覗《のぞ》き込《こ》んでくる。

「こういう時の定番といえば、彼氏いるんですって言っちゃうことだけどな」

「それって、航が彼氏役をやってくれるって、コト？」

「やらないぞ。絶対トラブルになるやつだろ」

「えー？」

「えー、じゃありません。まあ、本当に必要となったら考えるけどさ」

「やったー！」

「なんで喜ぶんだよ。そうならないように手を打つんだろ」

「そうだった」

やっちゃった、みたいに葵がはにかんでいると、またデスコの通知がきた。

（青椿《あおつばき》）バイオレットちゃん、ヨラン八さんからのお誘い、断ったんだって？

これまた、今日のコラボ配信の参加者だ。
甘いお姉さん声が特徴のVTuberである。
下ネタOKのお色気お姉さんキャラで売っているようだった。
「ひえぇ……青椿さんだぁ……」
葵がとても苦手そうな声を漏らした。
配信中もわりとそんな雰囲気で、キャラ作りだと思っていたが素《す》だったのか。
考えてみれば、葵にそんなことができるはずなかった。
良い意味でな。

(バイオレット) はい
(青椿) 断るにしても上手いことやんな
(バイオレット) はい
(青椿) イケメン人気Vに言い寄られて、舞い上がってない?
(バイオレット) いえ

「こわ。なにこれ？　お説教？」

それにしてはなんかねちっこい。

「うぅ……青椿さん苦手……」

「いつもこんな感じなのか？」

「前は違ったよ。優しい先輩だったの」

「いつからこうなんだ？」

「前に３Ｄ配信で事務所に行った時からかなぁ」

「ヨランハに初めて会った時？」

「うんそう」

これってもしかして……。

「その時、青椿の前でヨランハに言い寄られたりしたか？」

「うん、した」

「ヨランハって中身もイケメンなのか？」

「んー、わかんないけど、そういう雰囲気はあるかも」

「年齢は？」

「二十代半ばくらいかなあ」

いやいや、それでJKに手を出そうとすんなよ。

「青椿はどんな感じなんだ？」

「わりとアバターに近いセクシーなお姉さんって感じ。三十歳は行ってないと思う」

「ヨランハと青椿は仲良さそうなのか？」

「うん、事務所で会った時も仲良さそうだったよ」

「葵がヨランハとコラボする時、青椿の方からまぜてほしいって立候補してきたりするか？」

「すごい！　なんでわかるの⁉　断るわけにもいかないし、気を遣うしで散々なんだよぅ」

むしろなんでわからないんだ。

こういうのって、女子の方が鋭いイメージだが……葵だしなあ。

「それたぶん、青椿から嫉妬《しっと》されてるぞ」

「………はっ⁉　なるほど‼」

葵はポンと手を打った。

いやあ、これは完全に守備範囲外だ。

得意なヤツに助力を求めるとしますかね。

頼ったのは晴香だ。

そろそろ日付も変わろうという時間なので通話をできるか聞いてみたのだが、直接部屋にやってきた。

「この時間に話したいなんて珍しいね、どしたん？」

ピンクのパジャマにガウン姿という、隣に住んでいてもめったに見られない格好だ。

「寝るところだったか？」

セパレートのパジャマは制服より低い露出度なのに、なぜかドキドキしてしまう。

いつものように食卓テーブルに向かい合って座る。

「ううん、まだ起きてるつもりだったから大丈夫」

朗《ほが》らかに微笑む晴香の目元には、微《かす》かに疲れが見て取れる。

仕事か……家庭で何かあったのかもしれない。

晴香の家があまり上手く行っていないのは、本人が漏らしたのを聞いて知っている。

口に出してしまったことを後悔しているようだったので、オレからは触れないようにしている。

本題に入る前に、晴香にホットミルクを出す。

「ありがと」

晴香はふーふーと息を吹きかけながら、ちびりとミルクを飲んだ。

こわばっていた表情が緩む。

付き合いの長い幼なじみだからわかる、微かな変化ではあるけれど。

とにかく、少しは落ち着けたようだ。

「友達の話なんだけどさ」

オレの切り出しに、晴香は「ふーん」といたずらっぽい笑みを浮かべた。

「私が受けた相談だと、そのパターンて99パーセント本人の話だよ」

「いやいや、そんな母数の小さい話をされましてもね。ほんとに友達の話だよ？」

「年間の相談件数は百を超えますが？」

忙しいのに人望あるなあ！

「さすが晴香さん。オレの相談にも乗ってください」

「よろしい。んで、どんな悩みなのかな？」

「その友達ってビジュアルが良くてモテるんだが」

「んん？」

「なにか疑問が？」

「あたしは……いいと思うよ？」

なんでちょっと憐《あわ》れむような目？

「オレのビジュアルの話はしてないからな⁉」

「うんうん。それで？」

く……楽しそうにされるのも、それはそれでムカつくぞ。

「好きでもない異性に言い寄られ続けて困ってるみたいなんだ」

「ん、んん……？　ええ……」

今度は困惑した後に凹《へこ》んでいる。

忙しいヤツだ。

「さらに同性からの嫉妬もすごいらしくてな。どうしたらいいのかなって」

「あたしに話しかけられるの、そんなにイヤだった？」

「は？」

「ごめんね、気付かなくて。でも、こんな回りくどい言い方しなくてもいいんじゃない？」

晴香は今にも泣き出しそうな顔をする。

「いやいやいや！　ホントにオレのことじゃないんだって！」

「ホント？　あたしのことウザいって思ってない？」

「思ってない思ってない」

「じゃあ、好き？」

美少女によるうるんだ瞳《ひとみ》での上目遣いは最強だ。

「いやそれは……」

たしかに大切な幼なじみだし、かわいいと思うが、昔みたいに三人に戻れるまではそんなこと考えられないというか……。

オレが思考をぐるぐるさせている間も、晴香はじっとこちらを見つめてくる。

不安げで儚《はかな》い表情。

強い庇護欲《ひごよく》を掻《か》き立《た》てられるが、その口元に一瞬だけ笑みが浮かんだのをオレは見逃さなかった。

「おい、どこから茶番だったんだ？」

「なんのことかなー？」

晴香はとぼけた顔で視線を外す。

こいつ、オレの話ではないとわかった上でひっかけやがった。

「とりあえず、何度でも断るしかないんじゃないかなあ」

急に本題に戻すよね。

「でも、迫ってくるコに友達が多い場合、『振られてかわいそう！（ざまぁ）』からの、振った側の悪い噂を流すところまで行きがちだからなあ。そこは気をつけたいよね」

めっちゃいきいきしてる！

女子はこの手の話題好きだなあ。

「可能な限り穏便《おんびん》に断りたいけど、あきらめの悪いコ相手にはやっぱ、偽《にせ》彼女作戦だよね。定番だしリスクもあるけど。偽彼女が本物彼女になるっていうのもよくある話だから、それはそれでハッピーエンドだしね」

過程はオレより詳細だけど、結論一緒じゃないか。

ん……？

「偽、彼女？　彼氏じゃなく？」

「ん？　その友達って女の子なの？」

「そうだが？」

「航に女子の友達？」

「いやいや、学校で話すくらいの相手はいるが？」

「こんな相談をするほど親しい？」

「んぐ」

痛いところをついてくる。

「…………」

「…………」

晴香が眉をひそめて考えるのを待つことしばし。

「偽彼氏作戦とか、愚策《ぐさく》もいいところよね！」

何かに気付いたように、目をカッと見開いた。

「急にどうした⁉」

「不誠実極まりないもの！　航も絶対そんなことしちゃだめだからね！」

すごい剣幕でまくしたてる晴香である。

「お、おぅ。もともとやる気はなかったが」

「ならいいわ」

晴香は浮かせていた腰を落とすと、大きく息を吐いた。

そんなに興奮することか？

「それで、対策だけど」

急にキリッとするな。

テンションの差についていけん。

「あたしもめんどくさいファンにSNSで粘着されたことあるからわかるけど、一番は相手にしないことね。異常にしつこいなら、一度きっぱり断ってから無視する。これね」

「オレも同意はするが、しご……バイト先が同じだから、そういうわけにもいかないみたいなんだ」

「いっそ付き合っちゃえばいいのに……はっ！　な、なんでもないわ！　うーん、それだと本人より、嫉妬の方が問題だよね」

「そうなのか」

「女子の嫉妬は怖いよー？　さっきも言ったけど、告白された側の悪い噂を流すなんて序《じょ》の口《くち》なんだから」

「マジか……」

「あっ、もちろんあたしはそんなことしないよ。そういうコもいるってだけ。そうなると、本人の他に周りも納得させなきゃなんだよねえ」

「なんつー面倒な」

「そうなんだよねえ」

晴香はイヤそうな顔で舌を出した。

「やっぱり、実は好きな人がいるって言っちゃうのが一番かなぁ」

「ふむふむ」

「でもそれだと、なんで今まで言わなかったとか、自分の方がいいに決まってるとか言われるわけね。最悪、そいつに会わせろって話になる可能性もあるわ」

「ふむふむ」

完全に頷きマシーンとなっているオレである。

「そのあたりは、言い回しは違ってもだいたいパターンが決まってるから、対応方法をあとでメッセージするわ」

「マジ助かる」

「いつもご飯作ってもらってるし、勉強も教えてもらってるからね。これくらい安いもんよ」

晴香はにこっと笑うと、ぬるくなり始めたミルクの残りを、一気に流し込んだ。

「女子のことならあたしを頼ってよね」

そうさせてもらうよ。

たしかに助かった。

できれば、晴香と葵の仲についても相談したいところなんだけどなあ。

そうはいかんよなあ。


晴香からのアドバイスは葵に伝えたものの、それを使う機会は訪れないまま、大会当日になった。

葵の家に来てはいるが、さすがに防音室に一緒に入ることはせず、リビングで待機している。

オレとの練習用に葵が用意したPCで、配信を視聴するというわけだ。

ちなみに防音室は窓がないタイプで、葵の様子を窺《うかが》うことはできない。

これなら葵の家に来る必要ないのでは……と思ったりもするが、本人に強くお願いされてしまったのだからしょうがない。

オレは数学の問題を解きつつ、配信開始を待つ。

今回の大会で使われる『ヘビシュ』は、五人チームで戦い、相手を全滅させるか拠点を破壊すれば勝利というルールだ。

他にもいくつか遊び方があるようだが、今回は最もシンプルなルールが採用されている。

結局のところ、オレのコーチは大した役には立たなかった。

そりゃあ、素人のコーチを数日受けたところでどうなるものでもない。

ただ葵は持てる時間を全て今回の大会に注ぎ込んでいた。

授業中も、手をゲームパッドを持つ形にして、ずっとイメトレをしていたようだ。

おかげで、授業で指された時は何も答えられないどころか、教師の声も聞こえていないようだったが。

イメトレでよくそこまで集中できるものだ。

さて、配信が始まった。

オレは問題集を解く手を止め、暗記物に切り替える。

配信を見ながらの思考は難しいが、効率は落ちるものの暗記はイケる。ぶつぶつ口に出しながら配信を見ていると、配信が終わった頃には脳にインプットされているというわけだ。

葵の配信を観る時間を確保するために身につけた技だ。

大会は五人×三チームの合計十五人が参加する大所帯。

二本先取の総当たり戦で、成績上位二チームが決勝で戦うらしい。

チームの五人は、初心者から上級者までバランスよく配置されている。

葵はもちろん、一番の初心者枠だ。

イベント色の強い大会ではあるが、みんなガチである。

真っ先に狙われるのは初心者だ。

上級者との実力差は大きいものの、むざむざやられては自チームの上級者が集中攻撃されてしまう。

ということで、初級者達の役目はしっかり逃げ回りながら、相手チームに嫌がらせをすることだ。

『ひええ！　銃持った人が追ってくる！　殺されちゃう！』

というわけで、初心者筆頭の葵は悲鳴を上げながらフィールドを駆けまわるのだ。

『バイオレットさん落ち着いて！　そういうゲームだから！　落ち着いて！』

チームメイトの上級者が通話でアドバイスをしてくれる。

『お、おちんち――っ⁉』

『バイオレットさん⁉　全力で落ち着いて！　ＢＡＮされちゃう！』

小学生男子かな？

『はい！　落ち着きました！』

『体育座りモーションしてって意味じゃないよ⁉　初心者なのに、わざわざショートカットに設定したの⁉』

『ああ！　やられました！』

『そりゃそうだ！』

『大丈夫！　やられたことでゲージがたまりました！』

『そんなシステムないよ⁉』

『心のゲージがたまったんです！』

『いらついてるだけでは……？』

葵はチームメイトに多大な迷惑をかけながらも、配信を盛り上げていた。

彼女なりに真剣なプレイをしていることは、一緒に練習したオレにはわかる。

まともに走ることすらできていなかったところからのスタートなのだ。

短い期間でがんばったと言えるだろう。

しかし、普段彼女の配信を見に来ない視聴者には『大会なのにふざけている』と映ったようだ。

心ないコメントもかなり見られた。

『うぅ……ごめんなさいー！』

かなり凹んでいるだろうにテンションを下げないよう、葵は必死に大きな声を出す。

これまでのミスを挽回《ばんかい》しようと前へ出るが、そんな行動は上級者からすればカモだ。

あっさりスナイプされてしまう。

ヘッドショットされてもおかしくないタイミングだったが、走り方がふらふらしているおかげで大ダメージを受けるだけですんだ。

ここで葵が一方的にキルされると、チームの負けがほぼ確定する場面だ。

『あわわわわ……』

慌てた葵が操作をミスし、体育座りモーションを出してしまう。

その頭上を、スナイパーライフルの弾が通過していく。

『ひゃー！　助かった！』

［あっぶねー］

［さすがバーさん、持ってる］

『いったん引いて！』

『は、はい！』

チームメンバーの指示で反転しようとする葵だったが、足をすべらせ、塹壕《ざんごう》に落ちてしまう。

そんなことある⁉

『あわわわわわ！』

ミスが重なってよほど慌てたのだろう。葵の放送から、ガチャガチャとコントローラーを連打する音が聞こえてくる。

『バイオレットさん落ち着いて！』

『はい！』

チームメイトの声かけに葵が良いお返事をした瞬間――

葵を中心に爆発が起きた。

『ぎゃー！　ごめんなさーい！　ダイナマイトがー！』

『なんでそんなネタ武器を持って――え？　キル1？　塹壕に敵がいた⁉　チャンス！』

『ラッキー！　じゃない……狙い通りですよ！』

［おお。これはラッキー］

[狙った……わけないよね]

まさかこんなところでダイナマイトが役立つとは思わなかったな。

意図しない活躍ながらも、このバトルは葵達のチームが勝利した。

そんな面白活躍シーンがありはしたが、葵のチームは決勝には進出できず、彼女自身の成績は全プレイヤーの中で最下位だった。

それでも、イベント自体はかなり盛り上がっていた。

オレもいつの間にか勉強の手を止め、葵を必死で応援してしまっていた。


配信が終わり、葵を労《ねぎら》おうと待つが、一向に防音室から出てくる気配がない。

ノックをしてみるが、返事もない。

防音室だけにノックの音が聞こえないのかもしれない。

中でまだ他の人と通話をしている可能性もある。

そうであれば、大きなノックの音はマズい。

オレは音が立たないように、そっとドアを開けた。

入口からは葵の背中とPCのモニターが見える。

通話中ではないようだが、葵の肩が小さく震えている。
……泣いてるのか？
大会での活躍が結局ラッキーだったのが悔《くや》しくて？
オレはドアを閉じ、リビングで待つことにした。
いまいち進まない勉強をしながら待つことしばし。
防音室から葵が出て来た。
目元が少し腫《は》れている。
やはり泣いていたのだろう。
オレに葵の気持ちをわかってやることはきっとできない。
それでも、少しの慰《なぐさ》めくらいはできるはずだ。
「今日の配信、盛り上がってたな」
葵の泣き顔には気付かないフリで、明るく笑顔を向けてやる。
いつもの葵なら、それだけでふにゃふにゃした愛らしい笑みを返してくれる。
「ううん、全然ダメだったよ……」
しかし、今日の彼女は違った。
しょんぼりしたまま、立ち尽くしている。

「たしかに大会の結果は残念だったけど、それは最初からわかってたことだろ。気を落とすことないって。練習がんばってたから悔しいだろうけどさ」

「勝てないし、活躍できないってことはわかってたの。あの程度の練習じゃ、普段からがんばってる人に勝てないのは当たり前だもん。勝てると思う方が失礼だよ」

いつの間にこれほど自分に厳しい考え方をするようになったんだろうか。

「そうか……」

今のオレではかける言葉が見つからない。

ソファの隣を軽く叩き、座ることを促《うなが》すくらいだ。

ゆっくり腰掛けた葵は、ぽつぽつと語る。

「今日の私、いつもの私だったでしょ？」

「ああ、ファンも喜んでたぞ」

大舞台で普段のパフォーマンスを出せるのはすごい。

「でもあれじゃあ、コラボ配信なのに普段の私をやっただけなの。チームメイトやそのファンのこともちゃんとかんがえないといけなかったのに。あんなだから、空気のよめないコとか言われちゃうんだ……」

「そこも含めて、葵の……バイオレットの魅力なんじゃないか？」

「ファンのみんなはそう言ってくれるけど、それだけであんなにたくさんお金をもらっちゃだめなんだよ。もっと……ちゃんと、他のみんなとも上手くやれるようにならなきゃ……。事前の合同練習でのプロレスも大事だってわかってた。でも、一人だとできても、みんなとかけ合いするのがどうしても上手くできなかったの……。もっと上手くできるようになりたいよ……」

葵は溢《あふ》れそうになる涙を手の甲でぐいっとぬぐった。

「…………晴香みたいに、か？」

これを口に出すべきではなかったのかもしれない。

弱っている葵にするにはひどい質問なのかもしれない。

それでもオレは二人がまた仲良くなるきっかけを作りたい。

オレの問いに葵は小さく頷いた。

この反応を引き出せただけでも、一歩前進だろうか。

やはり葵は、晴香を嫌っているわけじゃない。

少なくとも、高く評価している。

「ならさ、晴香に相談してみたらどうだ？　社会人としては先輩だし、同じエンタメ業界人だろ？」

「……やめとく」

葵は首を横に振った。

やはりだめか。

大丈夫、まだチャンスはある。

「葵はすごいと思うよ。オレには絶対真似できないことだ。オレの慰めなんて役に立たないかもしれないけどさ」

「そんなことない。航の言葉は私に力をくれるよ」

うるんだ瞳がオレをしっかりと見つめ、柔らかい手がオレの手に触れる。

違う。

そう思えるのが葵のすごさなんだよ。

オレみたいに何ももっていないヤツの言うことを、前向きにとらえられることは、葵のすごさなんだ。

——ポコン。

扉を開けっ放しの防音室から、デスコの通知音が聞こえた。

「何か来たみたいだぞ」

「う、うん……」

防音室へと入って行った葵が、ちょっとイヤそうな顔で手招《てまね》きをした。

「これ見て」

PCの画面には、葵にちょっかいをかけてきているイケメンVTuberことヨランハからのメッセージが来ていた。


(ヨランハ) おつかれー。打ち上げに飯でもどう?

(ヨランハ) コラボでの立ち回りも教えるよ

コラボで悩んでいたことを見抜いているのは、さすが同業者だ。

オレにはわかってやれなかったことだ。

なんだかもやもやする。

とはいえこれは、下心満載なんだろうなあ。

「航に教えてもらった通りにするね」

（バイオレット）好きな人がいるんです

「いや、急すぎでは⁉」

もうちょっと話の流れで頼むよ！

（ヨランハ）もしかして、俺のこと？

ものすごい前向きさ！

（バイオレット）ちがいます

ノータイムで返信！

（ヨランハ）ご飯にさそっただけでいきなり振るのはひどくない？

（バイオレット）たしかに……すみませんでした

（ヨランハ）じゃあお詫《わ》びにご飯でもどう？

(ヨラン八) なんなら、その好きな人についても相談にのるよ
(ヨラン八) こうみえて、経験はそこそこあるからさ
いやほんとめげないなコイツ。

遊び慣れてるってこういうことかあ。

ただ、弱みにつけこんで来るのには嫌悪感がある。

端的《たんてき》に言うと、嫌いなタイプだ。

「ど、どうしたらいいんだろう……」

葵はオロオロと、モニターとオレの間で視線をさまよわせている。

「オレの言う通りに打てるか？」

「うん」

(バイオレット) アドバイスはありがたいのですが、男性と一緒にでかけるのは抵抗があるのでごめんなさい。事務所もいい顔をしないと思いますし
(ヨラン八) うーん、じゃあ今日のところはしょうがないね

「すごい！　さすが航！　しつこい男子博士だね！」

人聞きの悪いあだ名つけるのやめて⁉

エピソード3　修羅場な幼なじみ達

中村航　心から喜べるようになってほしいんだよ

カルト的人気を誇る不条理ギャグアニメ、『ギャラクシーナース』。その続編が十年ぶりに作られるというニュースが先月流れ、一部のオタクを大いに沸かせた。

小学生の頃、晴香《はるか》や葵《あおい》と毎週楽しみにしていた思い出のアニメである。

あの頃の様子は今でも思い出せる。

「すごかったねえ。あたしい、かんどうしちゃったよぅ！」

いつものように葵が感動の涙を流す。

泣くところなんてなかったと思うんだけど。

「あおいってばまたないてるー。きょうもランランちゃんの恋はみのらなかったね。私もはやくおとなの恋がしたいなあ」

一方の晴香は、ちょっとませた感想を言う。

「おとなの恋ってあんなんなの？　スペース温泉たまごになっちゃった金もちのイケメンをあたためるとか、おとなになってもできる気がしないんだけど……」

そんな二人に挟まれたオレは、しごくまっとうでつまらないことを言うのだ。

「だいじょうぶ。わたるならなれるよ！　あたしたちのスペース温泉たまごに！」

「いみわかんないよ、あおいちゃん！」

「そうだよねえ。どちらのスペース温泉たまごになるかはえらんでもらわなくちゃ」

「きょうははるかちゃんもそっちがわなの⁉」

ギャラナスという作品を好きだったのはもちろん、こうして三人で語るのが何より楽しかった。

勉強に力を入れるようになってから、アニメやゲームは嗜《たしな》む程度になっていたが、これは楽しみだ。

続編放送開始までに二人を仲直りさせ、三人でこのアニメを見るのが目標——などと思っていたわけだが。

今夜行われたキャスト発表で、オレはスマホを取り落とすほど驚いた。

メイン級のキャラの名前の下に、『日向《ひゅうが》はるか』の名前があったのだ。

ちょうどその時、玄関の鍵が開いた音がした。

いつものように晴香が夕食と勉強にやってきたのだ。

「ギャラナス出演おめでとう！」

「ありがとう。ハイタッチの前に、家に入れてくれると嬉《うれ》しいかも……」

嬉しさと恥ずかしさで口をもにょもにょさせた晴香が、思わず上げていたオレの手をそっと下ろした。

晴香の手はどこか熱を帯びているような気がした。

今日の夕食時は、ギャラナスのキャスト発表の話で持ちきりだった。

「ずっと航《わたる》に言いたかったんだよー。当たり前だけど発表まで誰にも言っちゃだめだからさあ。我慢《がまん》するの大変だったよ」

これほど嬉しそうな顔はいつぶりだろうか。

こちらまで幸せな気持ちになってしまう。

「オーディションは今回追加されるメインキャラ役で受けたんだけどね」

「受かるだけすごいじゃないか」

「そうなの！　監督さんが、ヒロインの友人キャラのしっかり者っぽい雰囲気がぴったりだって言ってくれてね」

「まじめにがんばってきてよかったな」

「うん」

晴香の瞳《ひとみ》がうるむ。

「テレビアニメのレギュラーは久しぶりだし、それがギャラナスなんてね……」

溢《あふ》れそうになる涙をぐっとこらえる晴香を見て、こちらの方が泣きそうになってしまう。

オレには想像もつかないがんばりがあったんだろう。

こんな時でも置いていかれてしまった気持ちになる自分の小ささがイヤになる。

「放送は三人で一緒に観たいな。昔みたいにさ」

「それは……難しいかもしれないね」

難しいと言った。イヤではなく。

これは脈アリなんじゃないだろうか。

「なぜだ？」

少し、押してみる。

「葵がつらくなると思うから」

ああそうか……やっぱりオレはバカな子供だ。

オレと晴香にとっては嬉しいニュースだが、葵にとっては複雑というか、嫉妬《しっと》の対象となるだろう。

そんな状態で一緒に笑って観るなんて、できるはずがない。

晴香はそれを思いやれるのだ。

だけど、それじゃあずっと変わらない。

「葵ならきっと喜んでくれると思うけどな」

「うん……」

迷いと不安を多分に含んだ肯定だ。

嬉しさのせいか、今日の晴香はいつもより少し口が軽い。

だからもう少しだけ押してみる。

「昔みたいに三人で楽しく過ごせたら、楽しいと思わないか？」

「思うよ。思う」

晴香は心底困ったような顔をした。

今日はここまでだな。

これ以上押して口を割らせたとしても、後で晴香が「なぜあんなことを言ってしまったのだろう」と凹《へこ》んでしまう。

「放送まで時間があるからさ、考えといてくれよ。もしよければ、オレから葵に声かけてみるからさ」

「うん……」

よし、言質《げんち》と――

「航となら。観る」

れなかったかあ。

だけど、こんなに悲しい笑顔をさせてはいけない。

「とにかくおめでとう。放送を楽しみにしてるな」

「うん、任せといて！」

ファンやクラスメイトを虜《とりこ》にするこの笑顔が、彼女の処世術であることを知っている。

笑いたくない時に笑わずにいられるようにしてやりたいと思うのはおせっかいだろうか。

日向晴香　横からかすめとったなんて思わないけれど

航に最高の報告ができた翌日。

あたしはいつもより早く家を出た。

航に合わせる顔がなかったのだ。

せっかくお祝いをしてくれて、葵との仲まで気遣ってくれたのに、あんな態度をとってしまった。

いつものあたしなら、もっと完璧にできたはずなのに、航の前だとどうしても気が緩《ゆる》んでしまう。

甘えてるってわかっていても、どうしても弱い部分が出てしまう。

「航となら一緒に観る」なんて言ったのも、航ならなんとかしてくれるかもっていう甘えがあったからだと、部屋に戻ってから気付いた。

なんて卑怯《ひきょう》なんだろう。

航はあたしのことを、一人前に稼いでいるなんて言ってくれるけれど、そんなに大人じゃない。

大人のフリばかりが上手《うま》くなっていく。

甘えているというなら、それはきっと、気まずいままでいる葵に対してもそうなのだ。

早く家を出たのは、航以上に葵と顔を合わせたくなかったからかもしれない。

きっとお互いに何を言っていいかわからなくなるからだ。

気まずい状態が続いているあたし達だけど、わざわざより気まずくなることはない。

ううん、下手《へた》に触れて完全に壊れてしまうのが怖いのかもしれない。

あたしはスマホのメッセージアプリをつい見てしまう。

葵からお祝いのメッセージなんて来るはずがないのに。


教室につくと、パンッとパーティー用のクラッカーが鳴らされた。

まだ数人しか来ていない教室でそんなことをしたのは佐藤《さとう》君だ。

趣味で動画配信をしているとか。

ゲーム配信を中心にしつつ、アニメやマンガ、芸能関係まで、エンタメ系の感想を語ったりもするチャンネルだったはず。

今も机に置かれた小さな三脚とスマホがこちらを向いている。

「晴香ちゃん、ギャラナスのレギュラーおめでとう！」

「ありがとう。わざわざそのためにクラッカーなんて用意してくれたの？」

あたしの営業用スマイルに、佐藤君の頬《ほお》が緩む。

「おうよ！　クラスメイトの声優さんが久々のレギュラーだからな！」

久々、という言葉に胸がズキリと痛む。

彼に悪気はないのだろうけど。

「でも先生に怒られない？」

「お？　おーう……」

佐藤君は慌《あわ》ててばらまかれた紙テープを拾い始めた。

後先考えてなかったのかなあ。

あたしが紙テープを拾うのを手伝うと、彼は嬉しそうに頬を染《そ》めた。

航や葵もこれくらいわかりやすければいいのに。

……いや、一番めんどくさいのはあたしか。

「その動画、ネットに上げたりしないでね」

カメラを向けられる仕事は何度もしたが、プライベートでこういう真似《まね》をされるのはいい気はしない。

それでも笑顔でやんわりと、自分が嫌がるそぶりは見せずに言う。

「どうしてもだめか？」

佐藤君はとても残念そうだ。

あたしを祝ったのは再生数を稼ぐため？

タイトルは、「うちのクラスの声優が、アニメのレギュラー」あたりだろうか。

我ながらセンスのないタイトルだ。

祝ってくれる気持ちも本当なのだろうけど、下心がないわけじゃなさそうだ。

「クラスメイトのチャンネルなら出てみたいんだけどね。この前のゲーム実況、ちょっと面白《おもしろ》かったし」

「マジ⁉　観てくれたの⁉」

こういう時のために、クラスメイトの趣味や特徴はある程度頭に入っている。

あたしは特に女子からやっかまれやすいポジションなのだ。

少し立ち回りをミスれば、あっという間にイジメの対象である。

「せっかく育てたチャンネルなのに、うちの事務所に訴えられてＢＡＮなんてもったいないでしょ？　それに、身近な女子をネタにしたら、佐藤君のファンが悲しむかもよ？」

あくまで親身に、上目遣いで心配している風を装《よそお》う。

脅《おど》しとも言える内容なのだが、雰囲気《ふんいき》一つで相手の受け取り方は変わる。

「お、おう、そうだな。心配してくれてサンキュー」

もうデレッデレである。

ここまでチョロいと心が痛むが、あちらもあたしを利用しようとしたのだから恨《うら》みっこなしということで。

その後、続々と登校してきたクラスメイト達からも、おめでとうの声をたくさんもらった。

ギャラナスの最新情報を拾ってるモノ好きなんて数えるほどだったけど、佐藤君が大発表してしまったのだ。

このバカ騒ぎはちょっと困ったことになった。

こんなところに葵が来たら……。

ちらりと入口を見ると、ちょうど葵が教室に入ってきたところだった。

ばっちり目が合ってしまう。

先に目を逸《そ》らしたのは葵だった。

あの顔は嫉妬ではなく、気まずさ？

なぜ葵がそんな顔をするの……？

その理由がわかったのは昼休みだった。

ギャラナスは昨晩に続き、今日の正午にも発表があると告知していた。

その内容はあたしにも知らされていない。

メインキャラを担当するならともかく、脇役キャラ担当にはよくあることだ。

「すげー、ギャラナスのゲストキャラに人気ＶＴｕｂｅｒ出演だって！」

昼休みに入るなり、大声でそう言ったのは佐藤君だ。

「バイオレットと共演じゃね⁉　Ｖもテレビアニメにちょこちょこ出るようになったよなあ。晴香ちゃん、収録でバイオレットの素顔見たりすんのかな」

佐藤君はあたしの方をチラチラ気にしながら、航に話しかけている。

今なんて言ったの……？

バイオレットが……葵が……ギャラナスに出る？

葵は自席でスマホに目を落としているが、その指も視線も動いていない。

心ここにあらずだ。

少なくとも喜んでいるようには見えない。

もし葵が手放しで喜んでいるなら、絶対にわかる。

ならなぜ？

驚いているわけではないはず。

さすがに彼女が今日の発表を知らなかったとは考えにくい。

そうか……コレを知ってたから、今朝あんな態度をとったんだ。

あたしの胸を埋《う》め尽《つ》くしたのは、幼なじみと共演できる喜びを塗りつぶすほどの、圧倒的な悔《くや》しさだった。

中学でのデビュー以来、声優としてずっと努力してきた。

そうしてやっと手に入れた夢の出演だ。

それなのに、演技のできない素人《しろうと》が同じ土俵にあがってきた。

頭ではわかってる。

商業的成功のために数字を持っている人が声優として起用されることはよくある話だ。

そして、葵《バイオレット》は人気がある。

その人気は彼女の才能と努力によって得たもので、なかなか真似できることではない。

ネット上の集客力だけで言えば、アイドル声優の看板を掲《かか》げるあたしよりよっぽど上だ。
　これが葵でなければ、こんなにもぐちゃぐちゃな感情にはならなかったのだろう。
　視界の端で、不安そうな顔をした葵が、ちらりとこちらに目を向けたのがわかった。
　今顔を合わせたら何を言ってしまうか、自分でもわからない。
　あたしはお弁当を持つのも忘れて、逃げるように教室を出た。

中村航　置いて行かれてる

幼なじみの二人が同じアニメに出る！
すごいことになってきやがった！
これなら二人とも余計《よけい》な気遣いなしに喜べるんじゃないだろうか？
帰ったら直接言おうと思いつつ、今すぐ祝いたくてしょうがない。

（航）二人ともおめでとー!!

オレは机の下でスマホを操作し、三人のグループにメッセージを送った。
これを機会に、二人のギクシャクがなくなってくれたらなお嬉しい。
先に返事をくれたのは葵だった。
ゆるい感じのワンコが、目をカッと見開いているスタンプを送ってきた。
何これ？　どういう感情？
葵のおかしな言動や反応には慣れているつもりだが、わからない時はわからない。

とりあえず、オレも手持ちにあったワンコが喜んでいるスタンプを返しておく。

晴香からの返信は、昼休みの終わり際にやってきた。


（晴香）ありがとう。がんばるね！


晴香にしてはシンプルな一文だが、それだけにどう反応するか悩んだ感じが伝わってくる。

昼休みいっぱい悩んだのかもしれない。

いつもクライメイトと話す時間を大事にしているのに、昼休みが終わるぎりぎりまで教室に戻ってこなかったし、そういうことなのだろう。

このグループに書き込むのに、それほど考え込まなければならない状況というのが悲しい。

それでもこれは大きな一歩だ。

ここからなんとか繋《つな》いでいきたい。

当面の目標は、ギャラナスの一話を三人で笑って観ることだな。

その日の夜、ギャラナスファン界隈《かいわい》は荒れた。
ＳＮＳでも当時のファンがひっそりトレンド入りするほどだ。
［ＶＴｕｂｅｒ投入かあ］
［前からゲストってもともとあったけど、ちゃんと声優使ってたよな］
［ＶＴｕｂｅｒでも別にいいだろ、上手けりゃ］
［上手けりゃな］
［演技の上手いＶとか見たことない］
［そりゃお前が見たことないだけ］
［それで話題になって、次の続編作ってくれるならしゃーない］
［芸能人枠みたいなもんだと思えば］
作品のファンからは、否定的な意見が多い。
一方、葵の配信では高額の投《な》げ銭《せん》が飛《と》び交《か》っていた。
［バイオレットちゃんおめでとおお！］（一万円）

［絶対見ます］（五百円）
［前からギャラナス好きだって言ってたよね。おめでとう］（五千円）
［なにげに声優デビューかー］（百円）
［オレ達のバイオレットの美声が世間に知られてしまう。それでもバイオレットちゃんを応援し続けます。変わらずかわいい僕達のバイオレットちゃんでいてください］（一万円）
これだけ話題になれば、とりあえず製作側の狙いとしてはばっちりなのだろう。
いかんいかん。配信ばかり観てないで、勉強しないと。
二人を仲直りさせるのはいいけど、オレが一緒にいる資格のない男になっていてはしょうがない。
目立った特技のないオレにはこれしかないのだから。
『航がふがいないから、ファンと結婚することにしたわ』なんて言われたらイヤすぎる。
考えただけで頭がおかしくなりそうだ。
二人と同時に付き合えるわけではないどころか、どちらか一人とでも釣り合わないなんてことはわかってる。

今すぐどうこうなんて考えてないけど、せめてあの二人から見て、選択肢に入るような男にはなりたい。

影川葵　それでもやりたいんだ

ネットがすっごい荒れている。

そりゃそうだよね……。

自分が大切にしている作品に、ヘタクソな素人が出て来たらイヤに決まってる。

ギャラナスに出られることは、もう飛び上がるほどに嬉しい。

実際にその話を事務所から聞いた時は、本当に部屋の中で飛び跳ねた。

VTuberになって良かったと思ったことは何度かあるけれど、今回が一番だった。

だけど、キャストに『日向はるか』があったのを見て、私はどうして良いかわからなくなってしまった。

晴香が声優としてずっとがんばっていたのを知っている。

そこへ私が割って入って良いものか。

晴香のことだけじゃない。

自分の演技がヘタクソだということは、何度も受けた事務所所属オーディションでよくわかっている。

あまりの下手さに、「練習でどうにかなるレベルじゃないからあきらめろ」とその場で審査員に言われたことすらある。

そんな私が出演してしまえば、大好きな作品のクオリティを下げることになるんじゃないか。

ギャラナスのランラン役の白羽《しらはね》さんに憧《あこが》れて声優を目指したけれど、白羽さんやスタッフさん、そして晴香に失望されたら立ち直れないかもしれない。

何より、放送を楽しみにしてくれているギャラナスファンに悪い。

ぐるぐる悩んでいるうち、無意識に航に通話のコールをしていた。

『どうした？』

聞き慣れた優しい声が耳をくすぐる。

スピーカーモードにしたスマホを枕元に置き、ベッドに寝転がる。

「あのね……」

なんて言えばいいのだろう。

こんな弱音を吐いても、航は困るだけだ。

「えっと……ギャラナス、楽しみだね」

『そうだな。改めて、出演おめでとう』

「ありがとう。がんばるね」

嬉しい。航におめでとうって言ってもらえた。

本当は晴香にも言ってほしい。

言ってあげたい。

でも、何を言っても怒らせてしまう気がする。

だったらがんばろう。

誰にも失望されないように。

私を選んでよかったって思ってもらえるように。

「あ、ごめんね。黙っちゃって」

『いや……。なあ葵』

「なあに？」

『人気のある葵が出るだけで十分役に立ってるんだ。気負《きお》う必要なんてないと思うぞ』

「うん、ありがとう」

優しさから出た言葉だよね。

すごく嬉しい。

だからこそ、航の優しさに甘えちゃいけない。

『でも、がんばりたいの』

スマホの向こうで息を呑《の》む気配がした。

せっかく優しくしてくれたのに、嫌われちゃったらどうしよう。

航はそんな人じゃないってわかってても不安になってしまう。

こんな弱い自分がイヤになって、涙が溢れそうになる。

イヤだ。こんなにも弱い自分がイヤだ。

晴香ならきっとこんなことで泣いたりしないのに。

『ごめんな、変なこと言って。めちゃくちゃ楽しみにしてるからな。それと、手伝えることがあったら言えよ。何もないかもしれないけどさ』

わかってくれた。

ばつの悪そうな航の声に、私はそう感じた。

嬉しい。

どんくさい私ががんばることを否定しないでいてくれる。

応援してくれる。

『ちゃんとする』ことをいつも二人に頼っていた頃の私なら、こんな幸せな気持ちにはなれなかったかもしれない。

晴香とケンカをしてしまったことが良かったとは言えない。

でも、成長した私を見せたら、本当の意味で許してもらえるだろうか。

それは虫がいい話だろうか。

その後、航は私のたわいない話に付き合ってくれた。

そのままいつの間にか眠ってしまうまで。


キャストの発表があった翌日。生配信イベント出演の依頼が急にやってきた。

配信は来週末だという。

出演するのは私、晴香、ヨランハさんの三人と監督だ。

ヨランハさんも私と同じくギャラナスに声優として出演予定だ。

それにしたって、監督以外はなんでこのメンバー？

メインキャラの声優さんが誰もいない。

レギュラーのキャストで出るのは、脇役の晴香だけ。

マネージャーさんに聞いてみたところ、「メインキャストはスケジュールが押さえられなかったらしくて……」と言っていた。

なんでも、キャスト発表のバズりを見たプロデューサーが、今のうちに何かしたくなったらしい。

というわけで、『第ゼロ回』という扱いだとか。

ちょっと微妙な気持ちにはなるけれど、私達ＶＴｕｂｅｒの持つ数字を期待してくれているのだろう。

客寄せパンダなのかもしれないけれど、それでギャラナスが盛り上がるなら望むところだ。

配信イベントだというなら、それは声優さんよりも私達ＶＴｕｂｅｒの舞台だもん。

絶対に盛り上げてみせるよ！

そんな決意をしたのは良いのだけれど、考えてみれば晴香との初共演だ。

私とヨランハさんは自宅からの参加になる……はずだったのだが、ヨランハさんは出演キャンセルになったらしい。

ヨランハさんが現地に行きたいとゴネにゴネた結果、各所から出演自体がＮＧだと言い渡されたとか。

女癖の悪さを警戒されてのやりとりだったらしいのだけど、これまでに何をやらかしたのあの人……？

そもそも、私にちょっかい出しといて、晴香にまで会いたがるとかどういうこと？

そんなだから、出演NGになったりするんだよ。

うちの航は絶対にそんなこと……そんな……うーん、いつまでもどっちにするか決めてくれないなあ。

それとも、どっちにも興味なかったりするのかなあ。


学校と配信を繰り返す生活をしていると、一週間なんてあっという間に過ぎていく。

せっかく航の部屋の隣に引っ越したというのに、大会以来目立ったイベントもない。

それはそれとして、今日はギャラナスの生配信イベントだ。

配信は十九時からだけど、夕方にいったん集合し、流れの説明とリハーサルが行われた。

イベントの司会はなんと晴香がやるらしい。

私には声すらかからなかった。

司会ってどうすればいいのかさっぱりだから、やれって言われても困っちゃうのだけれど。

事務所内でのコラボ配信ですら、まともに進行役をできたためしがない。

高校生で公式配信の司会なんてすごくない？

さすが晴香だよ。

きっとたくさん努力したんだろうなあ。

いけない。もうすぐ本番なのだ。

テンション上げなきゃ！

配信は現地にいる監督と晴香、そして私の動く2Dアバターを合成してお届けすることになる。

それらは専用アプリで行われるのだけど、スタッフ間のやりとりは、いつものデスコだ。

通話は繋ぎっぱなしのため、現場の喧騒《けんそう》が聞こえてくる。

急遽《きゅうきょ》決まったイベントだけに、ディレクターさんはドタバタだ。

そんな中、監督の声が聞こえてくる。

『日向さんには期待してるよ。脇役だけど、スパイスになる大事なポジションだからね。ある意味全キャラの中で一番幅広い演技を求められる』

『う……がんばります』

『そう緊張しなくていいよ。キミが出てるほら、なんて言ったっけ？　あのアイドルアニメ』

『プロジェクトアイドルコンクエストですか？』

『そうそれ。アニメ自体は量産型って感じだったけど……おっとごめん。こういうことを言ったらまた叩《たた》かれるね。失礼失礼』

監督は悪びれたそぶりもなく言う。

自分の作品をけなされたら怒るくせに、なぜこんなことを言えるのだろう。

正直な感想を口に出す権利は誰にでもあるのかもしれないけども。

『あのアニメの中でも、キミの演技は光ってたよ。だから今回、追加メインキャラのオーディションでは色々あって取れなかったけど、キャラクターを増やしてまでオファーしたんだ』

『美由紀《みゆき》ってそうだったんですね……』

晴香の声が震えている。

そりゃあ嬉しいよね。

私だったらその場でぼろぼろ泣いてしまったかもしれない。

『ちょっとちょっと、そういう話は配信中にお願いしますよー』

ディレクターさんが横からちゃちゃを入れてくる。

『でもさあ、VTuberだっけ？　ああいうのを使うってのはちょっとなあ』

監督の声のトーンが低くなる。

『これまでも、客寄せのために下手くそを使ったことがあるけどさあ。あれどれくらい効果あるのかね？　こっちの身にもなれっていうかさ、客をなめてんじゃないの？』

『あ、あはは……。でも彼女達もプロだから、がんばってくれると思いますよ』

晴香が乾《かわ》いた笑い声を上げながら、フォローしてくれる。

『あ、やば……』

そこでディレクターさんが、デスコのマイクがミュートされていなかったことに気付いたようだ。

『今の聞こえてました？』

他の人達には聞こえないよう、マイクに囁《ささや》いた。

私のマイクはミュートだけど、息を殺して黙り込む。

『バイオレットさん、いませんか？』

呼びかけには答えない。

『ふぅ……』

ディレクターさんは安堵《あんど》のため息を漏らし、マイクをミュートした。

背もたれにどさりと体を預《あず》ける。

やっぱりそうだよね……。

歓迎されるはずなんてない。

涙がポロポロと溢れてくる。

この仕事を受けなければ良かったのだろうか？

いいや。そんな選択肢はなかった。

絶対に出たかった。

クオリティを下げてしまうという悩みはあったけれど、わがままだったとしても、どうしても出たかった。

だったらやることは決まってる。

収録当日までに、できる限り演技の腕を磨《みが》くんだ。

何度試《ため》してもだめだった声優になる夢。

だから、自分に才能がないことなんてわかってる。

すぐに上手くなったりはしないのだと思う。

それでもがんばるんだ。

スタッフさんやファンのみんなに……晴香に失望されたくないから。

お腹の奥がずんと重くなる。

決意で自分を奮い立たせても、今すぐ逃げ出したい気持ちが無限に湧いてくる。

『がんばったけど、どの夢もかなわなかった。だから今日もすき焼きパーティーよ』

ギャラナスの好きなセリフの一つだ。

これを言ったのは、『脳みそ筋肉さん』呼ばわりされているようなキャラなのだけど、小学生の私にはとても刺さった。

当時から能天気だった私は、頭の良い晴香と航になんとなく置いていかれそうだというのを本能で感じていたのだ。

私は最後に三人で撮った写真と、ギャラナスのキービジュアルをデスクトップ画面に並べ、涙を拭き、大きく深呼吸。

「あー、あー」

ちゃんと声を張れていることを確認し、マイクのミュートを解除する。

「すみません戻りました！　トイレが混んでて！　何か連絡とかされました？」

『連絡事項はありませんが……大家族か何かなんですか？』

ディレクターさんのほっとした声が、ズキリと胸に響いた。

イベントはよくある形式だった。

監督やキャストの紹介に始まり、作品の思い出話を絡めたフリートーク、ギャラナスカルトクイズ、ミニ朗読劇、キャラデザの公開などなど。

そんなベタな進行も、ギャラナスならみんなハッピーになれる。

『え？　あたしが司会と出題者と回答者全部やるの？　回答者が監督とバイオレットさんの二人じゃ足りないだろうって？』

クイズではのっけからはるかが慌てている。

「八話のネタですね！　あれは神回でした！」

ギャラナスで同じ展開があったのだ。

さすがスタッフさん、わかってる！

『え？　クイズはまだ始まってないよね？　まあ、ネタだってのはわかるけども』

「ただの常識だよはるかさん」

『これが常識なら、世界中のほとんどの人が非常識になっちゃうよ』

「ちっちっち。ギャラナスのセリフにもあるでしょ？　価値観とはそれぞれが決めるもの、常識とは私が決めるものって」

『なるほど……って、全然納得できないんだけど⁉』

「納得なんてあきらめて、作品と一体になるのがギャラナスの楽しみ方だよ」

『コメントに、それ作品をディスってるって言われてるけど？』

「そんなわけないよ！　ちゃんと全話十回ずつ見直してからコメントして！」

『コメント欄が無言になっちゃう！』

「オレはセーフだなって言ってる人もいるよ」

『ほんとだ……。ギャラナスファン恐るべし』

「お、今のは九話のネタだね？」

『さすがにそんなつもりはなかったよ！　細かすぎてわかんない！』

「あー、あたしもまた見直したくなってきたよぉ」

しまった！　ギャラナスの話をしていたら、昔の一人称が出てしまった。

最近はずっとそんなことなんてなかったのに……。

本番中だよ。しっかりして！

『キミ達、昔からの友達みたいに仲いいね』

監督の何気ない一言で、私は言葉に詰まる。

『さすが、ＶＴｕｂｅｒさんはとっさのコラボでも合わせるのが上手くて助かります』

すかさずはるかがフォローしてくれる。

私との関係を明かさずにいてくれたのは助かる。

バイオレットが私であると推測できる情報は、表に出さないように気をつけているからだ。

もしはるかの幼なじみだと言ってしまえば、私に繋がる可能性はかなり高い。

……ではあるのだけれど、なぜか悲しい気持ちになってしまう。

私って、めんどくさいよね……。

だめだめ、集中しなきゃ！

まずはこのクイズ、がんばるよ！


クイズコーナーで、私は無双した。

十問中、九問目までを全て私が答えてしまったのだ。

本当はボケたり、適度に他の回答者に点数をとらせたりしないといけなかったのに。

そこまで気を回すことができなかった。

完全なやらかしだ。

『次はいよいよ最後の問題です！　ランランがよく開くすき焼きパーティーですが、八話のパーティーの具を全てフリップに書いてください！　一つ正解につき十ポイント！　逆転も可能ですよ！』

「『すき焼きだ！　パーティーだ！』のセリフが、唯一『パーリーだ』になってた回ですね！　あと、ご飯にかけるとうがらしがいつもより一振り多かった回でもありますね！」

私の発言にコメント欄が加速する。

[これははるかちゃんと監督の逆転は無理そう]

[ガチすぎて引く]

[この記憶力がありながら、なぜいつもはアホっぽいのか]

もうここまで来てしまったらボケてもしょうがない。

私はばっちり全問正解し、一位をもぎとった。

なおイベント終了後にマネージャーさんから、「盛り上がったからいいけど」という但《ただ》し書《が》きつきで、やんわり指導のチャットが送られてきたのだった。

イベントで疲れた頭を休めるにはやっぱりお風呂だ。

お風呂に持ち込んだスマホで今日のアーカイブを流しながらぼけーっと天井を眺《なが》める。

晴香と久しぶりに話した。

お互いにメディア用の顔ではあったたし、リスナーさんにはわからない程度のギクシャクもあった。

それでも、息の合ったトークができたんじゃないかと思う。

朗読劇はぼろっぼろでコメント欄は荒れていたけど、晴香がしっかりフォローしてくれた。

アフレコ本番までになんとかしなきゃ。

でも何より……。

「楽しかった……」

——また昔のようになれたら。

何度も考えたことだ。

その度に一歩を踏み出せずにいた。

これ以上こじれてしまったら、二度と修復できなくなってしまうかもしれない。
それだけはイヤだった。
鼻まで湯船に浸《つ》かり、ぶくぶくと泡を立てる。
やっぱり私は臆病者だ。
まどろむ意識の中、スマホにメッセージが届いた。
航からだ。

(航) 晩飯食べた?
(葵) まだだよ
(航) ちょっと作りすぎちゃって、残り物とりにきてくれない?

なんてお隣さんらしいやりとりだろうか。
引っ越してよかった。

(葵) 裸だからちょっとまってて
(航) !!!??

言う必要なかったね！

は、恥ずかしい……。

さすがにネグリジェで部屋を出る気にはならず、部屋着のドルフィンパンツとタンクトップ姿でインターホンを鳴らす。

本当はネグリジェでも良かったんだけど、廊下で誰かに会ったら恥ずかしいしね。

見せていいのは航だけなんだから。

「おう、入って入って」

ドアを開けてくれた航が手招《てまね》きする。

「ご飯を受け取りに来ただけだからすぐ帰るよ」

「一緒に食べようと思ってテーブルに用意しちゃったんだよ。詰めるのもめんどうだから、食べていってくれないか？」

「うーん、じゃあ……」

そう言われて断るわけにもいかない。

玄関に晴香の靴は……うん、ないね。

この匂い……すき焼きだ！　パーティーだ！

今日の配信を見て作ってくれたのかな？

しかも航が私の手を引いてくれる。

何このお姫様扱い！

前を向いたままの航の耳は真っ赤だ。

いやいやいや何これ⁉

幸せが押し寄せて来すぎて、頭おかしくなりそうだよ！

自分の頭から湯気が出ちゃいそうだけど、ツッコまれたらお風呂上がりだからって言い訳をしようそうしよう。

しかし、私の幸せ気分は、リビングに入った瞬間に冷めた。

晴香がいたのだ。

カセットコンロの上でグツグツと煮えるすき焼きを前に、晴香は気まずそうな顔をしている。

配信イベントの時と同じ服なので、現場から直接この部屋に来たのかもしれない。

は、はめられたあ‼

「帰る」

回れ右しようとするも、航が私の手を離してくれない。

「ちょうど晴香も来てるんだ。久しぶりに一緒に食べようぜ」

「あうあう……」

挙動不審《きょどうふしん》になっている自覚はある。

ここで航の手を無理矢理振り払ってしまえば、晴香との関係修復は二度とできないかもしれない。

それは絶対にイヤだ。

勇気を出す時が来たのかもしれない。

きっとそう考えたのは、晴香も同じなのだろう。

航だって、こんなおせっかいをしたら私達にウザがられるかもと怖かったはずだ。

ここで逃げたら、私は二度と幼なじみを名乗っちゃいけない気がする。

すでに食器類はテーブルに用意されている。

席は晴香の前で確定と……。

椅子に座ると、晴香と目が合った。

お互いにすぐに逸らしてしまう。

それにしても、ネグリジェにしなくてよかったああ！

私が人知れず額《ひたい》の汗をぬぐっている間に、航がご飯をよそってくれた。

私の前にはごま塩、晴香の前にはマヨネーズが置かれている。

「やっぱりすき焼きの時は、ごはんにごま塩をかけなきゃ！」

「すき焼きにはマヨネーズよね」

二人の好みをまだ覚えてくれている。

嬉しい……。

「すき焼きにマヨネーズというのはやっぱりわからないけど」

「それなら、ご飯にごま塩だってしょっぱくなりすぎじゃない？」

しまった！　声に出てたよ！

普段からダイエットしてるだけあって、晴香にこういう言い方はダメって知ってたのに。

私ってばほんとこういうとこだ。

「ご、ごめん……」

ギスギスしてるううう！

せっかくのすき焼きパーティなのに、味がわかんなくなりそう！

中村航　ギスギスからの

なんとか三人で食卓を囲むところまでは持ってくることができた。

二人にはだまし討ちみたいなことになって悪いと思っているが、こうでもしないと顔を合わせる機会なんて作れなかった。

嫌われてしまうかもと緊張したが、オレよりも二人の方が大事だ。

何より、オレ達には『家族』が必要だ。

うちと葵の家は放任がすぎるし、晴香の家はいつの頃からか、目も当てられない状態だ。

生活をしていく上でも、精神的にも、家族が欲しい。

それは、オレのわがままでもあるし、二人もそう思っていることはずっと感じてきた。

配信で久しぶりに見たやりとりは、仕事用だとしてもとても軽快なものだった。

今しかない！

……そう思ったのだが、なんかすっごいギスギスしてる！

配信中は二人ともよそ行きだとは思ったけど、素《す》だとこうなの？

「きょ、今日のイベント面白かったじょ」

かんだー！

いやもう許してほしい。

すき焼きのぐつぐつ煮える音が響く室内で声を出せただけでも褒《ほ》めてほしいくらいだ。

「お世辞《せじ》じゃなく？」

晴香が上目遣いでオレの顔を覗《のぞ》き込《こ》んでくる。

「もちろん。コメントも賑《にぎ》わってたろ」

「そうかあ……。じゃあよかったかな」

「納得いってないのか？」

「うん、もっと上手くやれたはずなんだよね」

似たようなセリフを最近、葵からも聞いた気がする。

オレがテストでもっと高い順位を狙うようなものだろうか。

いや……きっと違うな。

テストは問題と解答、そして点数という明確な基準があるが、彼女達の仕事はそうではない。

ユーザーの感想というのは、雰囲気でしか評価がわからない。

預金の残高が増えることで売れてきたという実感は得られるのかもしれないが、こういったイベントの善し悪《よ　あ》しは、上を見ればキリがない。

だがそれをオレの口から言うことはできない。

オレにはわかったつもりになることしかできないからだ。

「面白かったけどなあ。毎日でも見たいくらいだ」

だからオレはアホのフリをする。

「二人ほど息の合うコンビもそうそういないだろ」

「そうかな……」

葵は卵をゆっくりかきまぜながら、俯《うつむ》いている。

気まずさの中に、喜びの色が隠されていることに、オレだけでなく晴香も気付いたようだ。

「あ……」

晴香は何かを言いかけ、白滝《しらたき》を口に運んだ。

二人とも愛想笑いこそ浮かべているが、雰囲気はめちゃくちゃ重たい。

「改めておめでとう。同じアニメ、しかも大好きだったギャラナスの続編に出演なんてすごいじゃないか」

「うん、ありがと」「ありがとう」

晴香は完璧な笑顔で、葵は気まずそうな笑みで返してくる。

「二人ともがんばってきたからなあ。オレはすっかり置いてかれちゃってるよ」

「「そんなことない！」」

ハモりで否定されてしまった。

「航はあたしよりよっぽどちゃんとしてるよ。あたしなんて、十年……ううん、三年後にはどうなってるかわからないし」

「それは私だって同じだよ……ＶＴｕｂｅｒなんて、声優より履歴書に書く意味なさそう……」

いかん、なんかネガティブな方に話題が移ってしまう。

「それに、私なんかが出てもいいのかなって……あ……」

葵は言ってから、しまったと口を閉じたがもう遅い。

「どういう意味？」

晴香のまなじりが珍しく……本当に珍しく本気でつり上がった。

低くうなるような声に、オレと葵は何も言えなくなってしまう。

「だって……私は声優じゃないし……」

「じゃないし、何？」

「声優になれなかった素人の私が出ちゃだめかなって……」

葵の声は叱《しか》られる子供そのものだ。

「じゃあ辞退《じたい》すればよかったじゃない。その機会はあったでしょ？」

「う……」

葵の目からぼろぼろと涙がこぼれる。

一瞬仲裁《ちゅうさい》に入りかけたが、ぐっとこらえる。

ここで止めてしまったら何も変わらない。

今回が最後のチャンスかもしれないのだ。

「わかってたよ……私がギャラナスのクオリティ下げちゃうかもって……でも……出たかったんだもん！　今度こそ晴香に嫌われちゃうかもって怖かったけど！　出たかったの！」

そう言った葵は、涙をこぼし続けながらも、口をぎゅっと引き結んだ。

「そんなことで嫌いになったりしないよ……」

晴香はため息まじりにそうこぼした。

葵だって本当に嫌われると思っていたわけではないだろう。

「でも……監督だって、私を使いたくなかったって……」

俯いてしまった葵を見て、晴香は息を呑んだ。

「聞いてたの……？」

晴香の反応から察するに、監督の陰口《かげぐち》を葵が聞いてしまったのだろう。

それはしんどいな……。

「うん……でもいいの。本当のことだから」

そりゃあしょんぼりもする。

「よくないでしょ。葵はどうするの？」

少しだけ滲《にじ》んだ晴香の怒りは誰に対してだろうか。

しばらく俯いていた葵は、ぐっと顔を上げた。

「やるよ。がんばる。私の役目は客寄せパンダだけど、それだけじゃないってところ、見せてやる」

涙の跡こそ子供の時と同じだが、オレが初めて見る葵の大人の顔だ。

こんな時だというのに、嫉妬を覚えてしまう自分がイヤになる。

「それならあたしが言うことはないわ」

晴香は、葵がそう答えるのをわかっていたかのように微笑《ほほえ》んだ。

これで昔のように仲直り……とはならない。

解決したのはあくまで、声優やＶＴｕｂｅｒとしての彼女達の問題だからだ。

「葵がデビューした頃、私に言ったよね、『あたしが声優になりたかったのに！　晴香はたいして興味ないくせに！』って」

笑顔から真剣な表情へと戻した晴香は、一人称が入れ替わる前の『私』を使った。

理由は聞いていないが、いつの間にか二人の一人称は入れ替わっていた。

あれはたしか、二人が仕事をするようになってからだ。

「ごめんて……謝ったよ……。今でも、悪いと思ってる……」

叱られた子供のように、葵がしゅんと縮まったように見えた。

それが二人がギクシャクし始めた原因か。

普段の葵なら絶対に言わない言葉だ。

よほどためこんでいたのだろう。

晴香のデビューが中学二年生。

葵がそれからずっとためこんでいたとしたら、何かのきっかけで口に出してしまったのかもしれない。

そして、こじれた関係は修復できないこともある。

オレもケンカしたままいつのまにかつるまなくなった友人は何人か思い当たる。

ただそのことを忘れられず、ずっと心にひっかかったままでいるというのは、互いに大事な存在だからだ。

「今も……怒ってるよね……」

短い沈黙を恐る恐るやぶったのは葵だ。

「違うの……。怒ってるんじゃない。すねてるだけ」

今度は晴香が目を伏せる番だ。

「私が？」

「ううん、あたしが」

晴香の答えに、葵は首をかしげる。

「葵はね、あたしの憧れだったの」

「うそだよ！」

「嘘じゃない。葵は友達を作るのが上手い。葵は自分に素直。葵の家はお金持ち。優しい家族に囲まれてる。全部うらやましい！」

静かに言葉を紡ぎ始めた晴香だが、どんどんボルテージが上がっていく。

「そんな……友達なら晴香の方が多いし、誰にでも明るくて好かれるのも晴香だし、お金は……親のことだよ。たしかにパパとママは優しいけど……構ってくれないし……」

対する葵はテンションを下げていく。

「あたしはみんなと仲良くできるけど、本当に仲の良い友達はいない。明るく元気にしてるのは、そうしないと上手くやっていけないからだよ。両親はあんなだし」

「そんなこと言われたら、晴香に憧れてた私がバカみたいだよ。みんなに好かれて、賢くてかわいい晴香みたいになれたらって、ずっと思ってたのに。だから、私の夢をあっさり持って行っちゃったのがどうしても我慢できなかったの。晴香が事務所に入った後、色んなレッスンをして、事務所のオーディションを受けたけど全部だめだった。どうしてもなりたいならがんばり続ければいいのに、ＶＴｕｂｅｒ事務所に入れちゃって、夢をあきらめちゃった。こんなあたしに憧れる人なんていないよ！」

いつも奔放《ほんぽう》に見えて、自己評価の低い葵がこれほど主張したのはいつ以来だろうか。

「それでも私は葵がうらやましかった。だからきっと、あの時葵に言われた言葉を心の底から許すことはできなかったんだよ。私はがんばってるのに、がんばって手に入れたものなのになんでそんなこと言うのって……」

勢いに任せて吐き出していた晴香だったが、最後は消え入りそうなほど小さな声になっていた。

「晴香……」

「憧れるのをやめる言い訳がほしかっただけなのかもね。葵だってがんばってるって、VTuberの活動を見ていればわかるのに。おかしいよね。それで、半年もまともに口をきけなくなるなんて」

「観てくれてたんだ。忙しいのに」

椅子に背を預けた二人は、はにかんだ。

晴香がうちで夕食を食べる時は、バイオレットの配信を流していた。

それを『観たくない』と言われたことは一度もない。

「もっと早く話せばよかった。怯《おび》えて、意地になって、ダメダメだね」

晴香の目からぽろりと涙が流れた。

どんなにつらくても、決して人前で泣くことのない晴香がだ。

「きりゃわりぇてなぐでよがっだあああぁぁ！」

一方の葵は突然のギャン泣きである。

「葵がVTuberなのか声優なのかは関係ないわ。あたし達なら、最高の作品にできる。でしょ？」

「うぎゅ……びゃんばりゅうぅ」

「あーあー、鼻水が……」

晴香が葵の鼻にティッシュをあててやる。

よかった。

本当によかった。

もっと早くこうしていればよかったという考えも頭をよぎるが、彼女達の成長やこれまでのがんばりがあったからこそ、こうして話が通じたのだと思う。

「これからは言いたいことびしばし言ってくからね」

「うんっ！　ライバル！」

「演技では絶対負けないけど」

「人気なら私の勝ちだし！」

「うぐっ……それはちょっと刺さるわね……」

まてまて！　またギスギスしそう！

「それじゃあ、これからは三人で夕食を食べられるな」

「そうしたいけど、配信はしなきゃだよぅ……」

そうか、ご飯を一緒に食べられない理由にはそれもあった。

「だから、航と二人でお夜食食べるぅ」

「ちょっと！　鼻水たらしながらどさくさに紛れて何言ってんの！」

晴香が葵の鼻をティッシュ越しにつまんだ。

「いたたたたた！　だって、晴香ばっかりずるいよ！」

「あたしだって、仕事先でのご飯断ってきてるんだからね。あんたも工夫しなさいな」

「それはお仕事でご飯に行きたくないっていうのもあるんじゃ？」

「急にスルドイのやめてよね！」

すき焼きはすっかり煮詰まってしまったが、今日は最高の一日だ。

やっぱり幼なじみは仲良くなきゃな。

エピソード4 わしが育てた幼なじみ

影川葵　もしかして上手くなっちゃった？

晴香《はるか》とも仲直りできて心はすっきり……とは言えないけれど、もやもやは晴れた。

前みたいに仲良くするのはまだちょっと緊張しちゃうけど、これからはきっとライバルとして、正面からぶつかりあえる。

それには結果を出さなきゃ。

くさい言い方だけど、幼なじみの絆《きずな》はすごく強いって信じてる。

でも、高校を卒業して、三人が違う道に進んだ時にどうなるかはわからない。

晴香が『憧《あこが》れる』と言ってくれた私に本当になれるよう、がんばるんだ。

ギャラナスのアフレコまでもう期間がない。

ちょっとでも練習しなきゃ。

本番であっと言わせてやるんだから。

防音室の中でまずは軽く発声練習。

「あー、あー」

これでも声優になろうとしてた時に、たくさんレッスンを受けたんだ。

学校の勉強についていけなくなるくらいにね！

私は録音ボタンを押し、大きく息を吸った。

「恩を仇《あだ》で返すと言うのなら！　ホトトギスでバードストライクですよ！　アブとハチと二羽のうさぎもけしかけちゃうんだから！」

なんてセリフ言わせるかな⁉

これでも人気VTuberなんだけど⁉

動物虐待ダメ絶対！

いや……でも、ギャラナスのことだし、深い意味があるのかも……。

うーん……恩を仇で返すはそのままの意味でしょ？　バードストライクは、ストライクって言うくらいだから、十本のピンを倒すんだよね？　つまり、十人の刺客を同時に返り討ちってこと？　ホトトギスがどう関係するかはよくわからないけど、時代劇っぽい感じがあるからやっぱり刺客は正解だよね。アブとハチは……アブってなんだろう？

赤ちゃん用語かな？　ハチが赤ちゃんを刺したらアブないよね。はっ……アブだけにってコト⁉　じゃあうさぎさんはぬいぐるみかな？

そうか！　わかったよ！

うさぎさんのぬいぐるみを武器にした赤ちゃんが、ハチ型の刺客十人を返り討ちにするぞっていうメッセージだね！

ちょっとおかしな状況だとは思うけど、ギャラナスだからきっとアリ！

うーん、自分の読解力が怖いよ！

ちなみに、私が演じるキャラクターデザインのラフ画はもらっている。

髪型や目元など、ちょっとバイオレットのおもかげがある。

ゲストということで、少しだけバイオレットに寄せてくれているようだ。

つまり性格もバイオレットをイメージしてるってコト？　私、こんなこと絶対言わないよ？

いやいや、ギャラナスだし、あえて崩してるんだよね、あえて。

とりあえず、私の演技はばっちりだ。

Vの活動を経て、知らず知らずのうちに腕が磨《みが》かれてしまったのかも。

これは本格的に声優さんのお仕事をいただける日も近いのでは⁉

念のため、録音を聞き直してみよう。

『恩を仇で返すと言うのなら！　ホトトギスでバードストライクですよ！　アブとハチと二羽のうさぎもけしかけちゃうんだから！』

…………。

ぼ、棒読みだぁ……。

おかしいな。たっぷり感情をこめたはずなんだけど。

大丈夫。

セリフはたったの五つだもん。

いけるいける！

それから、一つのセリフをああでもないこうでもないと練習すること百回以上。

よし！　完璧じゃないかな⁉

全ての単語に意味をこめ、情感もたっぷり。

私は自分の演技にかつてない手応えを感じていた。

今までの努力が一点に収束し、花開いた感覚だ。
すぐ誰かに見てほしい。
晴香はだめだ。ライバルだから、当日まで見せられない。
なにより、今の私を見せて失望や不安を与えたくないんだ。
晴香に認めてもらえる私でいたいから。
そうなると選択肢は一つしかないよね。

中村航　演技の演習って本当はこうじゃない気がする

またしても狭《せま》い防音室に、葵《あおい》と二人きり。

今日は葵のアフレコ練習に付き合うために、彼女の部屋を訪れている。

「これが私のセリフね」

スマホにメッセージで送られてきたのは、五つのセリフ。

「いまさらだけど、これ見ていいのか？」

昨今《さっこん》はコンプライアンスがどうのこうのとうるさいらしいぞ。

「マネージャーさんが、練習のために私のセリフを航《わたる》に見せるだけならいいよって言ってたよ。もちろん、内容を他の人に話しちゃだめだけど」

葵のマネージャーさんにオレの存在を認識されてる⁉

何を吹き込んだのかは考えないでおこう……。

「ふふ……それじゃあいくよ」

葵はカッと目を見開くと、大きく息を吸った。

「恩を仇で返すと言うのなら！　ホトトギスで！　バードストライクですよ！　アブと

ハチと！　二羽のうさぎも！　けしかけちゃうんだから！」

いやこれ、どういうセリフ⁉

ギャラナスらしいっちゃらしいけど。

それより気になるのは葵の演技だ。

腰に手を当て、ドヤ顔でふんぞり返ってるところ悪いが……。

「なんだかよくわからなかった」

単語一つごとに感情が上を下への大騒ぎなのだ。

どういうシーンなのかもさっぱり情景が思い浮かばない。

「ええ⁉　なんで⁉」

「なんでと言われても困るが……」

「情感たっぷりで、棒読みじゃなかったでしょ？」

「たしかに、配信イベントの朗読劇と比べたら雲泥《うんでい》の差だが……」

「でしょでしょ⁉」

棒じゃなきゃいいってもんでもないんじゃ？

「前後の文脈がわからんからなんとも言えないなあ」

「そっか！　だよね！　ええとね！　スペース竹槍《たけやり》ロケットにやられて困ってたナース

隊が、通りがかった宇宙運送会社に助けてもらうのね。んで、その運送会社の助手が私なの」

「通行人とかじゃなく、わりとちゃんとしたポジションなんだな」

「そうなの！　で、宇宙救急車を修理するために牽引《けんいん》していった先が、昔のバブル期の日本みたいな星でね。ナース隊達は、美味《おい》しいご飯や、埋蔵金や、イケメンにつられてあれやこれやしちゃうわけ。バブル期とかよくわかんないけど！」

「いつものギャラナスだなあ」

ちなみに、なんでナースが救急車を運転してるかというと、彼女達にしか動かせない伝説の宇宙救急車だからだ。

「それで、助けた私にすごい迷惑がかかることになるのね。っていうところでのセリフだよ」

「なるほど……ならなんであんな感じの演技なんだ？」

「よくぞ聞いてくれました！」

葵から聞いた演技プランは「どうしてそうなった？」としか言いようのないものだった。

うさぎのぬいぐるみを武器にした赤ちゃんとか、どうやったら出てくるんだよ。

「ええとな、もうちょっとわかりやすい演技でいいと思うぞ」

「んんー？」

わかってないなあ、とでも言いたげなにやけ顔である。

「お芝居は一語一語に意味をこめるんだよって、レッスンの先生が言ってたんだよ」

このドヤ顔だ。

「その意味ってのが正しいならなあ」

「まさか……間違ってるの……？」

そこまで愕然《がくぜん》とできるってことは、本気だったんだろうなあ。

「いくらなんでも、そこまで複雑な裏はないと思うぞ」

「うーん……航の意見を聞かせて？」

「もっとシンプルに、怒るとか、呆《あき》れるとか。せいぜい、セリフの前半は驚きで、後半は怒りとかの、二種類くらいなんじゃないかなあ」

「そういえば昔、レッスンの先生にも『セリフをこねくりまわしすぎ』って言われたことあるけど……そんなのでいいの？」

「おっ、簡単そうに言うじゃないか。やってみるか？」

葵はすでに覚えているであろう台本を手に持った。

「恩を仇で返すと言うのなら！（笑）　ホトトギスでバードストライクですよ！　アブとハチと二羽のうさぎもけしかけちゃうんだから！（歓喜）」

「いやいや、なんで棒っぽくなるんだよ。かっこわらい、じゃないんだわ。セリフ変わってるだろそれ」

「クラスにはそういう男子もいたよ」

「佐藤《さとう》のことは忘れなさい」

「友達になんて言いぐさ」

「たまにつるんでるだけだし」

「うわー、ちょっと佐藤君がかわいそうだよ」

「それにしても、かっこわらいとはまた言い回しが古いなあ。そんなだから、リスナーから三十代疑惑をかけられるんだぞ」

「えへへ……だよねえ」

そこで嬉《うれ》しそうにする理由がさっぱりわからん。

「嬉しそうと言えば、なんで今の演技は笑いやら歓喜やらなんだ？」

「恩を仇で返してくれたから、これでやっとナース隊をとっちめられるって感じかなって」

「その怖い性格はどこから出て来たんだ⁉」

軽い感じで解釈一致と思ったら、真逆だった！

「これは先生の苦労が偲《しの》ばれるなあ」

「先生は忍者じゃないよ？　にんにん」

「その忍ぶじゃないし、忍者でにんにんってのも古い感じなんだよなあ」

だいたいこのセリフ、動物虐待って怒られない？

最近そういうの厳しいと思うんだが。

「うーん……難しいなあ。やっぱり晴香はすごいよ……」

葵は凹《へこ》んでいるが、そのセリフが出るようになっただけでも、オレは嬉しくて目頭が熱くなる。

「じゃあ晴香にアドバイスを頼んでみたらどうだ？」

「それはだめだよ。ライバルなんだから、本番でびっくりさせなきゃ」

ポジティブな理由みたいだし、まあいいか。

「このセリフは難易度高いみたいだし、もっと普通のセリフからやってみよう」

そんなこんなで練習は毎日みっちり続いた。

最初の練習から二週間。

「どうしよう。ぜんぜん上手くならないよう」

アフレコ本番を三日後に控え、葵は半泣きになっていた。

「やっぱり晴香に――」

「それはだめ！」

思《おも》いの外《ほか》強い否定だ。

本番で驚かせたいという以外に、思うところがあるのかもしれない。

「じゃあ、一つ提案がある。あまり葵は賛成しないかもしれないが」

「なになに？」

「似たシチュエーションの他の人の演技を真似《まね》するんだ」

「え……」

予想通り、葵は眉をひそめた。

目を伏せ、じっと悩んでいる。

「それって、お芝居《しばい》って言えるの？」

「オレにはそういうことはわからん。だけど、ある程度のクオリティは出せるはずだ。

視聴者が違和感をもたないくらいにはな」

「今のままじゃ、作品のクオリティが下がっちゃうよね……。それだけはイヤだよ」

葵は目に涙を浮かべ、ぎゅっと口を引き結んだ。

「わかった、やってみる！」

「そう言うと思って、参考作品は用意してある」

オレはサブスク会員になっている配信サイトを開く。

それぞれのセリフに対し、文脈がわかる範囲で見る部分と、真似すべきセリフはまとめてある。

「すご……勉強忙しいのに、ありがとう」

葵の顔がぱぁっと明るくなった。

この顔を見られただけでも、手間をかけたかいがあったというものだ。

「じゃあ特訓を始めるか」

「おー！　千回でも一万回でも練習して、ばっちりモノにしちゃうよ！」

葵は元気よく拳を突き上げたのだった。

日向晴香　他人を気にしてる場合じゃない

いよいよこの日がやってきた。
ギャラナスのアフレコ初日である。
正確には二話のアフレコなので、メインキャストの皆さんは初日ではないのだけれど。
嬉しいことに、メインキャラのキャストさんは当時からの続投である。
当時は新人から中堅《ちゆうけん》だった皆さんも、今は中堅から大御所《おおごしよ》になっている。
あたしは一番最初にスタジオ入りし、喉《のど》を慣らしておく。
続々と他のキャストさん達がスタジオにやってくる。
その中にはもちろん、ランラン役の白羽《しらはね》さんもいる。そして——
「お、おつかれさまです」
おっかなびっくり、スタジオのドアから顔だけ出したのは葵だ。
「おはようございます。ええと……バイオレットさん？」
機材の調整をしていた音響監督さんが、香盤《こうばん》表《ひよう》を見ながら相手をしている。
「は、はいそうです。2D《ツーディー》スコープ所属、バイオレット・S・アンイルミです。本日はよろしくおにぇが……お願いします」
嚙《か》んだ。
緊張しすぎだよ。大丈夫かなあ。
音響監督の指示を聞きながらも、葵の視線はちらちらと白羽さんの方へと向いている。
ちゃんと話を聞きなさいって学校でも言われてるでしょ！
気持ちはわかるけども。
収録はまずテストから行われる。
リハーサルのようなものだ。
メインキャストさん達は、この段階ですでにお芝居がしっかりできあがっている。
時にはアドリブを織《お》り交《ま》ぜながら、本番さながらの淀《よど》みない進行だ。
次はいよいよ葵のセリフだ。
朗読劇の時のようなトンチキな演技をしないだろうか……。
多少は上手くなってくれていると嬉しいけど、あたしがしっかりカバーするからね。
結局、一緒に練習はできなかったしね。
頼ってくれれば一緒に練習したのに……。
あたし達はまだ、そこまでの仲には戻れてないってことかな。

教えてあげる、なんてこっちから行くのも、ちょっとイヤミっぽいし。
はっ！　いけない。余計《よけい》なことを考えてないで集中しなきゃ。
すぐに葵のセリフが来る。
「スペース竹槍ロケットにやられるなんて災難でしたね。大丈夫ですか？」
え？　上手い⁉
もちろんベテラン声優のように深みのある演技ではない。
それでも、そこらのヘタクソな専門学生なんかに比べればずっと上手い。
この短期間に何があったの⁉
あたしが驚いて硬直していると、白羽さんに脇腹を指でつつかれた。
いけない！
あたしのセリフだったのに！
テストということもあり、あたしの失敗は無視して進む。
なんてことだ。
他人の心配なんてしている場合じゃなかった。
葵はちゃんとできてる。
あたしこそしっかりしなきゃ！

影川葵　おちついておちついて

ふううううう……。

リハーサルはなんとか上手くできたと思う。

自分のセリフを言うだけで精一杯で、他の人のセリフを聞く余裕なんてなかったけど。

辛抱強《しんぼうづよ》く練習に付き合ってくれた航のおかげだよ。

でも、なんとなく晴香がセリフを一つ言えてなかった気がする。

「晴香ちゃん大丈夫？　あんなミスをするの珍しいね」

「すみません。ちょっと緊張して」

白羽さんが晴香に話しかけている。

ほ、ほほほほ本物だあ！

さっき挨拶《あいさつ》はさせてもらったけど、こうしてブースに入るとプロの雰囲気《ふんいき》が出ててかっこいい。

「ならいいけど……。じゃあここの表現についてだけど――」

「たしかにそうですね。でもこの状況なら――」

白羽さんは私には理解できないようなアドバイスを晴香にしている。

他のキャストさんも、台本を読み直したり、スタッフさんと別の仕事の話をしたりとそれぞれだ。

当たり前だけど私、お客さんなんだなあ。

「声のお仕事は初めてなんだって？」

あわわわわわ！　白羽さんが話しかけてくれた！

「わ、わたわたたたしバイオレット・S・アンイルミです！」

「白羽ゆりかです。よろしくお願いしますね」

なんという聖母のような微笑《ほほえ》み！

好き！

「は、はいっ！　すーはー！」

「ふふっ、そんなに元気よく深呼吸する人初めてよ」

「はい！　声のお仕事は初めてです」

「会話のテンポが独特ねえ」

「よく言われます！」

「うーん、若さが眩《まぶ》しいわ。初めてにしては上手よね。VTuberさんも演技のレッスンを受けたりするの？」

ほ、褒《ほ》められたあああ！　私にそこまで期待をしていないか
晴香にしていたような指摘をしてもらえないのは、私にそこまで期待をしていないか
らだってことはわかってる。

それでも、あの白羽さんに褒められたという事実は飛び上がるほど嬉しい。

「事務所で強制的にレッスンとかはないです。個人で受けている人はいるみたいです
が」

「バイオレットさんは？」

「昔ちょっとだけ」

「それでこれだけできるのはすごいわねえ。本番もがんばってね」

「はい！　がんばります！」

うわあああああ！

がんばって練習してきてよかったあああ！

私が鼻息荒く本番の開始を待っていると、ブースに音響監督さんが入ってきた。

さっきまではマイク越しに話していたのに、どうしたんだろう？

ちょっと慌《あわ》てた様子が気になる。

「すみません皆さん。セリフの変更が入りました」

「え？」

思わず声を上げたのは私だけだった。

他の人達は落ち着いている。

え？　こういうのよくあるの？

「上から横槍が入ったらしく……変更箇所は――」

音響監督さんがすまなそうに変更箇所を伝えてくれる。

え、ちょっと待って。

私のセリフ、五つ中三つ変わってるんだけど⁉

動物関係のセリフが軒並み別のものに差し替えって……やっぱり動物虐待とか言われちゃったのかな。

私も動物は好きだけど、こういうファンタジーなギャグっぽいのもだめなのかなあ。

「スポンサーにペットショップ事業をしている会社さんがいたという理由でのNGなので、直前の変更で申し訳ないのですが、皆さん対応をお願いします」

大人の事情だったあああ！

そんなことよりどうしよう。

せっかく演じ方を覚えてきたのに使えなくなっちゃう。

どうしようどうしようどうしよう。

そもそも、他の作品をうまくかみ砕《くだ》いて、私のセリフに合わせてくれたのは航だ。

私だけじゃあどうすることもできない。

特に迷いに迷ったあのセリフは、声の大きさやスピード、そして抑揚《よくよう》まで、航と一緒に作り上げたものだ。

私の声を一度パソコンに取り込み、航がそれを理想的な形に加工する。それを真似してみて、またパソコンに取り込むということを繰り返した。

そうしてできあがったお芝居だったのだ。

音響監督さんからの指示のメモを見返す。

『恩を仇で返すと言うのなら！　脱出ポッドにつめこんで、太陽に撃ちだしますよ』

全然違うセリフになっちゃってるよ！

でも状況は変わってないんだから、同じ感じでやればいいのかなあ。

でもでも！　文字数も単語数もちがうよう！

決まったセリフだけをできるようにしてたから、ちょっと変わるとどうしていいかわかんない！

「葵、大丈夫？」

となりにやってきた晴香が、そっと耳打ちしてくれる。

「だ、大丈夫。いっぱい練習してきたから」

情けないところは見せたくない。

それに、私がやってきた練習はきっと邪道だ。

晴香にはそれを知られたくない。

「あら、やっぱり二人は友達なのね」

白羽さんがさらりと訊《き》いて来る。

「え？　やっぱりって？」

何かバレるようなことしたっけ？

「こないだの配信を観てなんとなくね。仲直りできたみたいでよかったわ」

「ケンカなんてしてませんよう。あれはプロレスです、プロレス」

「配信中のことじゃなくてね。プライベートで二人はちょっともめてたのかなって感じたの。当たってた？」

「「え……」」

私と晴香は絶句した。

気まずさがなければもっと面白《おもしろ》くできてたとはしても、さすがにそこまでバレるようなことはしていないはず。

「安心して。お客さんにはバレてないから。私ってちょっとだけそのあたりスルドイんだ。これ、得意技ね」

優しく微笑む白羽さんだけど、ちょっとどころじゃないよそれ。

晴香がちらりとこちらを見た。

身バレで困るのは私の方だからだ。

「あの……ナイショにしてもらえると……」

「おっけ。VTuberさんはその辺大変だよね」

「はは……ありがとうございます」

認めないという方法もあったけど、晴香に嘘《うそ》をつかせたくなかった。

それに、白羽さんに嘘を吐《つ》き通《とお》す自信は色んな意味で全くない。

「それからバイオレットさん。今回そのやり方で乗り切るなら、セリフは変わっても乗っている感情は同じだからね。きっとできるわ。私も新人の頃は経験あるし」

白羽さんがASMRばりにそっと耳打ちしてくれた。

ば、バレてるうう！

「そのやり方って？」

隣にいた晴香にだけは聞こえていたみたい。

「んー、はるかちゃんには必要ないテクニックかな」

その一言だけで、いかに白羽さんが晴香を認めているかわかってしまう。

キャラの心情はつかめないのに、こんなところだけ気付きたくなかった。

私の幼なじみはすごいでしょという気持ちと、悔《くや》しさがごちゃまぜになって頭がぐるぐるする。

いけない。こんなんじゃだめ。

おちついておちついて。

ガラスの向こう側でバタついていたスタッフさん達が落ち着きを取り戻した。

収録が始まる。

落ち着いて。航と白羽さんに教えてもらったことを思い出そう。

『それじゃあ、セリフのタイミングと数は一緒なので、いきなり本番いきますよ。該当箇所のマズい映像は後で差し替わるらしいので、入りのタイミングだけ合わせてください』

音響監督さんからの指示が飛ぶ。

え⁉　テストなし⁉

赤いキューランプが光り、正面のモニターにタイマーが表示されると、ブース内の空気が一瞬で張り詰めたものに変わった。

どうしようどうしようどうしようどうしようどうしようどうしようどうしよう！

どうすればいいかわからないまま本番が始まっちゃった！

頭の中が「どうしよう」で埋まり、何も考えられなくなる。

これまで、配信中にこういうことは何度もあった。

そう、何度もあったよ。

私はＶＴｕｂｅｒ。

生でお客さんと接してきた時間なら、ここにいる誰よりも長い……かもしれない。

当然、トラブルだって何度も経験してきた。

そのたびになんとかしてきたじゃない。

だったら今回もなんとかなるはず！

自分が主導権を持っている配信と現状は違うとわかっていても、そう考えただけで頭がすっと冷えた。

――白羽さんが教えてくれた。セリフは変わっても、そこに乗っている感情は同じ。
――航が考えてくれたテンポやトーンはそのままでいい。
――単語の数が変わっているところは前後と同じでいいって割り切る。
――余計なことは考えない。
――航がくれたプラン通りにやる！

隣に立つ晴香の心臓の音が聞こえる。
空調の音が、誰かが唾を飲む音が、衣擦《きぬず》れの音が。
全ての音が耳に入っているけれど、何も聞こえない。
配信中もたまにこういうことがある。
そういう時は決まって、リスナーさんの反応がいい。
いける！

日向晴香　肝に銘じるってJKも使うから

「いやあ、上手いじゃないですかバイオレットさん。急なセリフの変更にも対応していただいて、ありがとうございます」

音響監督さんが葵を褒めている。

「あ、ありがとうございます」

恐縮《きょうしゅく》し、周囲に頭を下げる葵を皆が温かく見守っている。

正直、ここまで仕上げてくるとは思わなかった。

あたしは知らず知らずのうちに、葵をなめていたのだ。

ちょっと抜けていたり、変わった感性をしていて、あたしや航の後をついてきていた彼女を。

彼女のやると決めた時のパワーは誰よりも知っていたはずなのに。

そうでなければ『ゲームをしてるだけ』と揶揄《やゆ》されることもあるＶＴｕｂｅｒとして、あんなに人気者になったりできない。

初めてのアニメの収録でセリフが変わったにもかかわらず、一発で対応してきた。

その事実が私を打ちのめし、焦《あせ》らせた。

演技では絶対に負けたくないと。

打ちのめされること自体、葵を侮《あなど》っていた証拠だというのに。

本当に恥ずかしいことだ。

動揺してNGを出してしまったこともだが、それ以上に人として負けた気がした。

お芝居で負けたら、あたしが葵に勝てるところなんてなくなってしまう。

でもそれ以前に人として同じ土俵に立てないようじゃどうしようもない。

「お疲れ様でした！」

あたしはいつもの笑顔で共演者達と挨拶を交わす。

他のキャストと狭いエレベーターに乗っている間も、溢《あふ》れそうになる涙をぐっとこらえる。

黙ると泣いてしまいそうで、談笑を続けてみる。

何を話したかは覚えてない。

「すみません、ちょっとこっちに用事があるので、ここで失礼します。次回の収録でもよろしくお願いします」

スタジオが入っている小さなビルを出て、みんながタクシーを呼んだり駅へ向かう中、あたしは逆方向へと歩き出した。

ぽろぽろと涙がこぼれてくる。

あたしに悔しがる資格なんてないのに。

そう思えば思うほど、涙が溢れ出してくる。

すれ違う人にバレないよう、下を向き、歯を食いしばって歩き続けた。

どれくらい歩いただろう。

人気《ひとけ》の少ないオフィス街は、いつの間にか飲食店の立ち並ぶ小さな商店街に変わっていた。

目に飛び込んで来たのはクレープの屋台だ。

こんな時ぐらい……いや、何かを成したわけでもないのに、自分にご褒美《ほうび》とかやってる場合じゃない。

ただでさえ最近、航のご飯が美味しいせいで食べすぎだというのに。

「ここのクレープ美味しいんだよー」

「ひゃっ⁉」

突然背後から美声をかけられ、思わず飛び上がってしまった。

振り返るとそこには、スタジオ前で別れたはずの白羽さんがいた。

「な、なぜここに……」

もしかして、泣いてるところ見られた？

「イチゴアップルクレープくださいな。クリームはうんと少なめでお願いします」

クレープを買った白羽さんが、ぎゅっとあたしの手を摑《つか》んだ。

「え？　ちょ……？」

「すぐそこに小さな公園があるの。そこで一緒に食べましょ。クリームを減らしてもらっても、やっぱり一つまるごとはカロリーとりすぎだからね」

「え？　え？」

あたしは白羽さんに引きずられるように公園へやってきた。

公園と言っても、ブランコが一台とベンチが二台あるだけの休憩スペースに近いものだ。

あたし達はベンチに並んで腰掛けた。

「ここなら人がほとんど来ないから、ゆっくり食べられるわ。はいこれ」

白羽さんがクレープをあたしの口元にぐいとおしつけてきた。

「えと……」

「あら、イチゴかリンゴが嫌い？」

「そういうわけでは……」

「じゃあどうぞ」

穏やかな口調と笑みなのに、有無《うむ》を言わさぬ圧がある。

「いただきます」

小さくかじったクレープは、甘さと酸味《さんみ》が程《ほど》よく混ざり合い、とても美味しかった。

「あの……もしかして、つけてきたんですか？」

自意識過剰にはなりたくないが、偶然と言うにはいくらなんでも無理があった。

「ギャラナスの収録は、前作もあそこのスタジオだったんだよね」

白羽さんはちょっと恥ずかしそうに微笑んだ。

新人の頃、あたしと同じようにしたことがあったのかな。

「はるかちゃんの演技は負けてないよ」

白羽さんが真剣な顔であたしを見つめてくる。

「誰に……」

頭に浮かんだのは、同期の声優達ではなく、葵の顔だった。

「今、頭に浮かんだ人かな」

「うぐ……」

エスパーか何かなのかなこの人は。

「たしかにお芝居の上手さに勝ち負けがつく時はある。特に一部のお客さんは、『どっちが上手いとか優劣つけたがるしね』

あたしもSNSで散々色々書かれたことがある。

「でもねはるかちゃん。お客さんに見せるお芝居は勝負じゃないんだよ。私達はお客さんに喜んでもらうために演じて、お金をもらってるの。それだけは忘れないで」

これはきっと、綺麗事《きれいごと》なんかじゃない。

業界の最前線を走り続けてきた偉大な先輩からの本気の助言だ。

「はい。肝に銘じます」

「はるかちゃんって時々、おじさんみたいに堅いよね」

「んな⁉」

アラサー芸はあたしの担当じゃないんだけど⁉

「そうそう、理解のある彼氏君にも頼っちゃえばいいんじゃない？」

「わ、航は彼氏なんかじゃありませんよ！」

………………ん？

「航のこと話しましたっけ？」

「へー、航君って言うんだ。いいねえ、青春だねえ」

「カマかけぇ⁉」

こんなにニマニマした白羽さん、初めて見たよ！

いい話な流れだったはずなのに、ぶっこんでくるなあ。

「そんなに簡単に男を匂わせるなんて、お姉さん心配だよ」

白羽さんは、よよよと泣き真似をしてみせる。

あたしはアイドル売りしてないので大丈夫、と言いかけて言葉を飲み込んだ。

アイドル声優をやっていることは確かだし、そのおかげでもらえているお仕事も多い。

何より、アイドル声優として第一線にいる白羽さんの前で絶対に言ってはいけない言葉だ。

「はるかちゃんには笑顔が似合うよ、やっぱりね。そのかわいい笑顔を見たくてたまらないお客さんがいっぱいいるんじゃないかな」

ああ……この人には敵《かな》わないな。

いつか白羽さんのようになれる日は来るのだろうか？

ううん、ならなきゃいけない。

葵はもう業界でも屈指《くっし》の人気者になりつつある。

ならあたしもがんばらなきゃ！

でもこんなに腫《は》らした目じゃ、今晩のご飯には行けないなぁ。

中村航　わしが育てたのじゃ

ギャラナスの初収録を終えた二人のため、オレは夕食の準備に腕を振るっていた。

キッチンで料理をしている間、葵は隣でオレを手伝いながら、ずっと興奮した様子で話している。

「それでね！　白羽さんがほんとにいたの！」

「そりゃいるだろうなあ」

その興奮っぷりに、思わず苦笑が漏《も》れる。

「かわいくて綺麗でふわふわなのに、ぴしっとしてるの！」

「なるほどわからん」

「はぁ……声優さんてすごいよねぇ……」

耐熱ガラスのボウルを持ったまま、ぼうっとする葵である。

頼むから落としたりしないでくれよ。

「あと……晴香もすごかったよ」

葵は真剣な顔でボウルにレタスを並べていく。

「本番直前でセリフが変わったんだけどね、ちゃんと演技を合わせてたの。私みたいに丸覚えなんかじゃなかったよ。微妙に変わった感情もばっちりだった……って、音響監督さんが言ってた。細かいことは私にはわかんなかったんだけどね」

「そいつはすごいな」

「うん、晴香はすごいんだよ」

笑顔でそう言った葵は、一瞬だけ悔しそうな顔をした。

……ん？　セリフが変わったと言ったか？

「葵はセリフの変更って大丈夫だったのか？」

「全然大丈夫じゃなかったよ！」

「え⁉」

よくぞ聞いてくれました、みたいなテンションで言うこと⁉

「どうしていいかわかんなーい！　って頭ぐるぐるになったんだけどね、航のアドバイスを思い出してなんとか乗り切れたの！　ありがとねぇ」

「セリフが変わった時のアドバイスなんてした覚えはないぞ。もし応用でなんとかなったなら、それは葵の力だよ」

「えへへ、そうかな。だとしてもありがとねぇ」

葵がふにゃりと微笑む。

よくわからんが、この笑顔をさせてやれたのならまあいいか。

それにしても、オレのアドバイスで多少なりとも収録の進行が良くなったのなら、オレもギャラナスの制作に関わったと言っていいんじゃないだろうか？

……いや、調子に乗ったわ。

「晴香、遅いねえ。そろそろ料理できちゃうよ」

ボウルにサラダを盛り終わった葵が手持ち無沙汰にしている。

「だなあ。同じ時間にスタジオを出たんだろ？」

「うん。でも、用事があるからって、スタジオ前で別れたんだよね」

「別の仕事かな？」

それなら、そう言いそうなものだが。

「うーん、わかんない」

その夜、晴香がうちに来ることはなかった。

メッセージアプリには、「今日行けなくなっちゃった。ごめんね」とだけ送られてきた。

エピソード5 コラボする幼なじみ達

中村航　となりの晩ご飯どろぼうかな？

ギャラナス収録の翌日。

今夜は晴香《はるか》と二人での夕食だ。

葵《あおい》の席に置いたタブレットからは、バイオレットの生配信が流れている。

葵は事務所内コラボ配信があるとかで、来られないらしい。今はコラボ直前の個人配信だ。

なかなか三人がそろうのは難しいものだ。

「なあ晴香。もしかしてまだ、葵とは気まずかったりするのか？」

こんな質問、嫌がられるかもしれない。

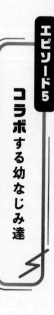

でも、特に忙しい二人にとって高校生活は貴重なのだ。

できるだけ早く以前のような関係に戻ってほしい。

「ん……うん……そりゃあね……。長いこと離れてたから、なかなか難しいよね」

「コミュ力おばけの晴香でもか」

「そんなにすごくないってば！　それに、葵と航《わたる》には、よそ行きの顔をしたくないし……」

そう言ってもらえるのは嬉《うれ》しいし、何より葵に対してそう思っているのが嬉しい。

『ご飯！　ご飯とってくるからちょっとまっててね！』

配信中の画面に、『離席中』の文字がでかでかと表示された。

中の人の去《さ》り際《ぎわ》の動きをトレースしたせいか、アバターの首がぐんにゃりと折れている。

「配信中に食事を取れるって自由よね。こっちの業界だと、『そういうイベント』じゃないかぎり、日常的にやるっていうのは考えにくいなあ」

「画面越しなのに距離が近いっていう不思議な存在だよな」

「あれだけお客さんに近いと、ストレスもすごそうだけど」

「まあなあ……」

動きの止まった配信画面を眺《なが》めながらたわいない話をしていると、玄関のチャイムが鳴った。

インターホンに映っているのは葵だ。

『あけてー！』

急いでる様子だ。

「どうしたどうした。配信中じゃなかったか？」

玄関を開けてやる。

「私のご飯ある⁉」

開口一番コレである。

「残り物はあるけど……今日は来れないんじゃなかったのか？」

「ちょっとご飯食べても良さそうな流れだったから来ちゃったの。テイクアウトでお願いだよ」

どたばたと部屋に入ってきた葵のため、盛り付けなかった残りをフライパンからタッパーに移してやる。

「いただきます！」

葵は晴香のミニトマトをひょいぱくっと口に放り込み、

「ありがとう！」

オレからタッパーを受け取ると、風のように去って行った。

「葵のやつ、なんかテレてたな」

「そうねえ。気持ちはわかるけどね。すごく……」

「それって、三人でのご飯はまだテレくさいし仕事も忙しいから実際無理だったけどせめて顔だけ出そうとしてみた上に相手の皿からつまみ食いをするコミュニケーションをがんばってみたけどやっぱりちょっとテレちゃうよねってことか？」

「そのたまに早口でスルドイのやめて⁉　葵がかわいそう！」

「気持ちがわかるってことは、晴香も同じこと考えてたのか？」

「はうっ⁉」

晴香はぐさーっと胸に何かが刺さったリアクションをした。

「時々キャラっぽいよな、晴香って」

「今のツッコミが一番恥ずかしいよ！　日常が仕事用の性格に侵食《しんしょく》されるのは声優あるあるなので……」

頰《ほお》を少し赤くした晴香が、ふいっと目を逸《そ》らした。

本当に恥ずかしがってるやつだ。

今のやりとりでわかったことがある。

「直接話すのがまだ恥ずかしいならさ――」

「恥ずかしくなんかないもん！」

「葵の配信にコメントしてみたらどうだ？」

「無視しないで⁉　……コメントかぁ。拾ってくれるかなあ？」

うちからタッパーを奪取していった葵は、そのまま配信をしながら食べていた。

相変わらずコメントは高速で、どうやって読んでいるのかいつも疑問に思う。

特にゲームをしながらだと、オレなら一つも読める気がしない。

たしかにこの中で拾ってもらうのは大変そうだ。

『今日のごはんはお隣さんから強奪《ごうだつ》してきたのです』

[え？　どういうこと？]

[マジカル強盗？]

[ごはんとってくるって、盗《と》ってくるってこと？]

[バイオレットの故郷では普通のことなのか？]

『大丈夫だよ。ちゃんと美味《おい》しかったから』

[味の話はしてないんだよなあ]

『いやほら、一人で食べても美味しいよってことだよ』
［強奪されたお隣さんは食べられてないのでは？］
［大丈夫？　通報されてない？］
いつもの配信風景だった。
リアルの話を持ち出すのはちょっと危ない気もするが、これくらいなら大丈夫なのだろう。
『もぐもぐ。コラボが始まる前に明日の予定をもがらせもがもが』
［食べながら告知は草］
［我が家のような安心感がすぎる］
『明日は十九時からざつもがだも。そのあとなんかゲーもがもぐもが』
［なんて？］
［ざつもがってなんだ］
［雑談くらいちゃんと言って］
『伝わったからいいでしょー。細かいこと気にしてると魔法使いになれないぞ』
［そんなん初めて聞いたわ］
大量のコメントがあるとはいえ、よくこれだけ一人で話せるものだ。

「明日は雑談だってよ。仕事がないならチャンスじゃないか？」

「まだコメントするとは言ってないよ！」

「楽しみにしてるな。面白《おもしろ》いコメント」

「ついでにハードル上げるのやめて⁉」

「役者ってほら、即興劇《そつきようげき》的なことするんだろ？　いけるいける」

「エチュードのこと？　あれって別に大喜利じゃないからね？」

「なるほど。じゃあ大丈夫だな」

「何が⁉　そのよくわからない言い回し、葵に似てきてるよ！」

それはちょっと失礼じゃないか？

わざとだけどな。わざと。

とにかく、気まずさがなくなる何かのきっかけになってくれればいいんだけどな。

日向晴香　初コメってやつ

あたしはベッドの上でスマホを前にして腕組みをしていた。

コメントってどうやるの？

たしかここに打ち込めばいいんだよね？

かなり前に配信イベントのお仕事で使って以来、観るの専門だったから、操作方法なんて忘れちゃったよ。

ええと……ここに入力して送信ボタンかな。

でもなんて送ろう。

たしかに前みたいに葵と仲良くしたいと思ってる。

それは間違いない。

でもそんな相談は経緯《けいい》が複雑すぎて上手《うま》くできる気がしない。

ただちょっとケンカしただけ、というわけじゃないのだ。

互いに心の深いところをえぐり合ってしまったことが大きい。

だけど、仲直り自体はすんでいる。

それだけに、表面上だけ取り繕《つくろ》うことは簡単だ。
でもそれをしたくないというのは、きっと葵も同じ。
ならええと……どうしよう⁉
葵の雑談配信は、ちょうどお悩み相談の流れになってきた。
相談と言う名の大喜利になっている気もするけど、とにかく書き込んでみよう。
普通に書き込んでも読まれないよね。
きっと、このお金を払ってコメントするのを使うと注目してもらえるんだよね。
相場はいくらくらいなんだろう？
百円くらいから数万円まで色々だなあ。
ええと、そんなにたくさんは払わなくて大丈夫だよね？
ええ⁉　もう次が最後の相談⁉
今回はやめとこうかな……。
だめだめ！
そうやって先送りにしたからこじれたんでしょ！
ええいもう送っちゃえ！
『わー、はるかさん一万円ありがとう！』

葵があたしのコメントに気付いてくれた。

ん？　一万円？

千円のつもりが桁《けた》を間違えたよ！

いたたたたた！

痛すぎる出費！

千円でもけっこうきついのに。

『間違ってたらごめんだけど、はじめましてだよねー。いい名前だね』

コメントしてくれた人のことみんな覚えてるの？

すご……。

いや待って。

一万円どころじゃないミスしてない？

コメント欄の上部に並ぶ高額投げ銭《なせん》コメント達の中には、しっかり『はるか』の名前があった。

うわあああああ！

前に仕事で作ったアカウントだよこれえ！

やってしまった。

色々悩んでたとはいえ、こんな初歩的なミスをするなんて。

事務所に怒られないかなぁ。

ええと、コメント削除ってどうやるんだろう。

ああ、でも今さら消したところで遅そうだし、配信の邪魔した感じになっちゃうよね。

こういう時に慌《あわ》てて消すと炎上の火種になったりするって聞くし。

大丈夫大丈夫……よくある名前だしきっと大丈夫。

うぅ……お腹《なか》が痛くなってきたかも。

『あたしにはライバルがいます。お仕事の上でも、プライベートでも。長いことケンカをしていたのですが、最近仲直りできました。でもブランクがあるのでまだちょっと気まずいです。男の子の趣味もかぶっています。どうすればいいでしょうか？』

改めて読み上げられると、すんごい恥ずかしいこと聞いちゃってるなあ。

『わかってあげられるよこれ。私にも同じように思ってるコがいるからねぇ』

[誰のことだ？]

[同期のスコメンか？]

[バーさんがこういうこと言うのめずらしいな]

なんだかコメントは盛り上がっている。

スコメンってたしか、葵が所属してる事務所のＶＴｕｂｅｒさん達のことだよね。

『ちがうちがう。スコメンじゃないよ。もちろん、事務所の皆さんのことは尊敬してるけどね』

バイオレットのアバターが思案顔《しあんがお》で左右にぴょこぴょこと動いた。

ＶＴｕｂｅｒのアバターはかなり感情を表現できるが、どうしても記号的になってしまう。

当然ながら細かな感情まで見た目から読み取ることは難しい。

『久しぶりに会った親戚《しんせき》みたいな気まずさあるよね』

[わかる]

[なんだろうなあの気まずさ]

たしかに今のあたしならそつなくこなせるだろうけど、小さい頃は緊張で人見知りをしていた。

『きっとしばらく一緒にいれば気まずさは消えていくと思うんだよね。でも、ライバルって難しいよね。負けたくないって想いが強いほど、ただの仲良しじゃいられなくなるし。近い関係だからこそ、嫉妬《しっと》もしちゃうしね』

[バーさんでも嫉妬とかするのか]

『そりゃするよう。私くらいになると、一分に一回は嫉妬しちゃってるね。世界の全てにね』
［頻度《ひんど》と規模がすごい］
『いやいや、ポジティブな嫉妬だからね』
［うん？］
［どゆこと？］
『いやいやいや！　わかるでしょ！　嫉妬でネガティブーってなるんだけど、でもがんばんなきゃーってなるやつだよ』
［あー］
［ちょっとわかる］
『だからライバルっていいよね。人生にメリハリが出るよ。うん。いやあ、語っちゃったなあ』
［先生みたいだ］
『私は魔法先生だよ⁉　ええと、何の話だっけ？』
［気まずいのなんとかしてくれってやつ］

『ああそうそう。いやあ、私も同じことで悩んでるからさあ。私に聞くのは間違いだよねー』
[これはひどい]
[お悩み相談コーナーとは？]
『きっと話すことですっきりできたはずだよ。うん』
[相談される側がそれを言っちゃあなあ]
なんにも解決しなかったけど、葵も同じように悩んでくれてるというのがわかったのは収穫《しゅうかく》だったかな。
全力でなれなれしくしてみるのはどうだろう。
そのうちそれが自然になったりするんじゃないだろうか。
[このはるかって、日向《ひゅうが》はるかじゃね？]
[だれ？]
[声優の？]
コメント欄がにわかにざわつき始めた。
あ……ちょっと待って。
この流れはマズいよ。

どど、どうしよう。
初めてのリアルイベント出演の時くらい頭がぐるぐるだ。
『ちがいますよ』っと。
ヨシ！。
……いや、ヨシじゃないわ。
こんなん書き込んでも、何の意味もないわ。
[はるるがイベントでコメント書き込んでた時のアイコンと同じなんだが]
よく覚えてるなあ。ちょっと嬉しいよ。
いやいやいや、喜んでる場合じゃなぁい！
『え？　このはるかって、はるかなの⁉』
葵も掘り下げないで！　スルーして！
[呼び捨て？]
[配信で共演しただけにしては仲良すぎない？]
[リアルで知り合いか？]
『ちがいますよ』っと。
『ほらあ。違うって言ってるよ。変なこと言っちゃだめ。はるかがこんなところに書き込むはずないでしょ』
［知り合いなのはマジっぽい］
［いやこの流れ、どうみても本人でしょ］
［なんかの仕込み？］
［いや待って、男の趣味がかぶってるとか言ってたぞ］
［まさか誰かを取り合ってる？］
まずいまずいまずい。
この流れはまずいよ！
何よりまずいのは、あたしのミスで葵がピンチになってしまっていることだ。
矢面《やおもて》に立っているのは彼女である。
『取り合うとかじゃないよ。好みが同じってだけ』
［知り合いはマジなのか］
［リアルの知り合いが一万払ってコメントしたってこと？］
『みんなはさあ、ギャラナスのキャスト見てくれたでしょ？』
［あ、たしかに］
［共演ありってこと？］

『それは言えないなあ。会って挨拶《あいさつ》させてもらったことはあるけどね』

[匂わせか?]

『んー、どうだろうねえ。わからないよねえ』

そんな感じで、葵がリスナーをいなしてくれたおかげで大騒動には発展しなかった。

かなりの数のコメントが削除されていたようにも見えたけど、表面上はいつもの配信だった。


配信が終わるのを見計《みはか》らって、あたしは葵の家に謝りに来た。

やらかしたあたしを、葵は笑顔で迎え入れてくれた。

「ごめんね葵。あたしが変な書き込みしたから」

「これくらい大丈夫だよぉ。よくあることだって。私ももっと上手くごまかせたらよかったんだけどねえ」

葵はいつものように、にへらと柔らかい笑みを浮かべた。

「こんどカフェでも奢《おご》らせて」

「えー? そういう貸し借りみたいなのはイヤだなあ」

ふわふわした笑顔のまま、強めの拒絶。

一緒にカフェなんて行きたくない？

ちがうちがう。すぐそうやって勝手な深読みでネガティブに受け取るのがあたしのだめなところだ。

言葉通り、いちいち貸し借りなんて考えない関係でいたいということだろう。

あたしもそうでありたいと思う。

「じゃあさ、あたしが良いお店を探しておくから、一緒に行こ？」

「うん、いいよ！」

「よかった。じゃ、じゃあね」

「うん、おやすみ」

「おやすみ」

玄関を出たあたしは、大きく息を吐いた。

はぁー緊張した！

やっぱり葵はいいコだなあ。

皮肉もおせじもなしでアレを言ってるんだから、敵《かな》わないよね……。

中村航　これが炎上か

昨晩の配信は実にひやひやした。

コメントの書き込みを煽《あお》ったこともあり、すごく責任も感じてしまう。

配信は葵の手腕のおかげで落ち着いたのでよかったが。

あれで炎上なんてした日には、目も当てられない。

そして今朝。玄関を出たところでばったり会った晴香、葵と三人で登校する流れになった。

高校生にもなってこれみよがしに囃《はや》し立《た》ててくるようなヤツはいないが、美少女二人に冴《さ》えない男子が挟まれている構図はなかなかに注目を集める。

正直、めちゃくちゃ恥ずかしいのだが、ここでオレが引くわけにはいかない。

つい先日も同じようなことがあったが、違うのは女子二人がギスギスしていないことだ。

とはいえさっきから天気の話を三回くらいループしている気がするけど。まずはここからだ。

「おーす、中村《なかむら》……う、うらぎったな⁉」

教室に入ったオレをオーバーリアクションでびしっと指さしたのは佐藤《さとう》だ。

騒ぐヤツ、いたわ。

「おいおいおいおい、まさか晴香ちゃんの好きな男ってお前じゃないだろうな」

本人がいる前でぶっこみすぎだろ。

「おい佐藤、デリカシーなさすぎだ」

「そ、そうだよな。すまん。なんとかってイケメンＶＴｕｂｅｒが相手って話だしな」

すぐ謝れるのはこいつのいいところなんだが、全然わかってねえ。

それより……。

「どこでそんな話になってんだ？」

「おいおい知らないのかよ」

わざとらしく呆《あき》れ顔をした佐藤がスマホの画面を見せてくる。

まずは匿名掲示板のまとめサイト、次がＳＮＳのまとめ。

どちらも、人気ＶＴｕｂｅｒのバイオレットと、ＪＫ声優の日向はるかが、イケメンＶＴｕｂｅｒのヨランハを取り合っているという内容だ。

「いやいやいやいや、どこから出た話だこれ」

佐藤からスマホを奪い取って内容を確認していく。

きっかけはやはり昨日の配信だ。

いつも配信にきているファンはとりあえず納得したようだが、一部の過激派と面白がる外野によって一晩のうちに燃やされたらしい。

どうやら、ヨランハがバイオレットに送ったナンパ通知が配信に乗ってしまったことがあるらしく、それが掘り起こされたようだ。

トドメを刺したのは、昨日の深夜に行われたヨランハの配信だ。

切り抜きまとめ動画まで上げられている。

「自分のスマホで観ろって」

佐藤にスマホを取り上げられた。

「それより晴香ちゃん、バーちゃんと友達なの？」

空気を読まず、春香に聞いたのは佐藤だ。

それよりって、お前なあ。

「もしそうならさあ、オレとコラボ配信してくれるように頼んでくれないか？　お礼ならなんでもするからさ」

すがすがしいまでに自分の都合全開である。

「収録で会うことはあったけど、そういうのはちょっと……。事務所に怒られちゃうから、ゴメンね」

「お、おう。無理言ってごめんな」

片手で拝《おが》むポーズをとりながらウィンクする晴香に、佐藤はメロメロである。

「航、ちょっと……」

晴香がオレを廊下へと連れ出した。

たしかに教室で観るわけにはいかないな。

ちらちらこちらを窺《うかが》っていた葵も少し後ろからついて来る。

向かった先は、屋上へと続く階段の踊り場だ。

朝からこんなところに来る生徒はいない。

三人でオレのスマホを覗《のぞ》き込《こ》む。

それは、昨日のバイオレットとはるかのやりとりに始まり、過去のヨランハによるナンパ、そして昨夜のヨランハの雑談配信が短くまとめられた動画だ。

『いやあ騒ぎになっちゃってるみたいだねえ。だってほら、かわいいコに声をかけるのは義務だろう？　だからリスナーのお嬢ちゃん達にはいつも声をかけてるわけでさ』

『はるかちゃんとのことはねえ、かわいいよねあのコ。中学生で声優デビューでしょ？才能あってうらやましいなあ』

『アニメで共演もしてるしね。あとはほら、わかるだろ？』

『金ならみんなのおかげで余裕あるからさあ。やっぱ女の子っしょ。みんなもオレがモテてる方が嬉しいだろ？』

マジかよ。この芸風でよく訴えられないな。

「コイツと会ったことは？」

一応、晴香に聞いてみる。

「ないよ」

晴香は「うへぇ」と心底迷惑そうな顔で舌を出した。

「なんか……ごめんね。こんなことになって……」

「葵のせいじゃないでしょ」

しょんぼりする葵の背中を、晴香がさする。

「うっわ……あたしのSNSも荒れ放題だよ……」

晴香のスマホを覗き込むと、SNSに大量のメッセージが届いていた。

[今まで応援してたのに、裏切られました]

［グッズ売った］
［Ｖには行ってほしくなかった］
［キャラを汚すな］
［信じてます］
［別に恋愛くらいいいだろ］
［二股《ふたまた》されてたってこと？］
［むしろ三人で］
［それならそれで］
もうめちゃくちゃだ。
「炎上ってやつかあ。あたし、こんなにファンいないと思うんだけどなあ」
晴香が小さくため息をつき、口をへの字に曲げた。
「他人事《ひとごと》だなあ」
「事実無根すぎてね。どうしようもないよねえ」
「このヨランハってやつ、外堀《そとぼり》から埋めようとしてないか？」
「だと思うんだけど、埋めてるというより、外堀に油を流し込んで火をつけてない？」
一理ある。

「どうしよう。何か投稿した方がいいかな？」

一見普段通りな晴香だが、内心焦《あせ》っているのが伝わってくる。

「わ、私も……」

葵もスマホとオレの顔を交互に見比べる。

晴香にコメントするのをそそのかしたオレも胃が痛い。

「余計《よけい》なアクションはより炎上するだけだと思う。様子を見ることにするわやばかったら事務所から連絡が来るんじゃないか？」

「たしかにそうよね。うん、様子を見ることにするわ」

「私も」

全くたいしたことはしていないが、どうやら少しは落ち着けたらしい。

しかし、ほっとしたのもつかの間。

晴香と葵のスマホが同時に震えた。

「「マネージャーさんからだ」」

二人の顔が緊張で引きつった。

たしかに炎上の原因はオレにもある。
だが、どうしてこうなった？
うちの食卓テーブルを今、四人の来客が占拠《せんきょ》していた。
晴香、葵、はるかのマネージャーさん、バイオレットのマネージャーさんの四人だ。
オレは自室から椅子を持ってきて誕生日席に座る。
「改めまして、日向はるかのマネージャーをしております、北田《きただ》です」
初めて見るはるかのマネージャーは、四十代くらいの太めな男性だ。
眉間《みけん》にしわを寄せた、ちょっと厳しそうな表情が印象的だ。
「南《みなみ》です。バイオレットのマネージャーです」
こちらは二十代半ばから後半の美人である。
タイトスカートとスーツをびしっと着こなし、メイクもばっちりだ。
しかしどうにもそわそわと頼りない感じである。
「中村航です。ええと……高校生です」
なんだかアホっぽい自己紹介になってしまった。
しょうがないよね。なんでこの人達がうちに来たのかわからないんだから。
炎上の件だとは聞いてるんだけど、なぜわざわざうちで？

「突然お邪魔してすみません。日向とバイオレットさん共通の友人で、何かと二人の相談にのっていただいていたということで、お話を伺いたいなと」

その場をしきるのは、一番年上の北田さんだ。

オレのアドバイスを聞きたいってこと？

いや、いい大人がそんなはずないな。

もしかして、炎上の原因だと疑われてる？

それだけなら、とりあえず炎上をなんとかしてからでいいはずだ。

炎上を鎮火《ちんか》させる糸口がオレにあると思われでもしないかぎり、このタイミングでわざわざうちに来る理由がない。

だとしたらオレにできることは全部やりたい。

「良い部屋に住んでいるようだけど、ご両親は？」

「ちょっと北田さん！」

晴香が非難の声を上げる。

「両親の仕事の都合で一人暮らしをさせてもらってます」

いきなり家庭の事情を訊《き》いてくるのは失礼だと思うが、口論するのもめんどくさい。

「ごめんごめん。学校の成績上位をキープしている自慢の幼なじみだと聞いているから興味が湧いてね」

にこやかにそう言う北田さんだが、目が笑っていない。

これ……オレが相当悪いことしてるって疑われてないか？

「はるかはよくこちらにお邪魔してるんだよね？」

「うちのバイオレットも」

そこに南さんも続く。オレの顔をじっと睨《にら》んでいる。

初対面だというのに、敵意強くない？

「お二人とも、オレが二股かけた犯人だとか思ってます？」

オレの一言に二人は少し驚いたようだ。

「やはり心当たりがあるんだね？」

「いいえ、彼女達とはただの幼なじみですよ。ただ、あなた達がわざわざうちに来て、初対面の相手に不躾《ぶしつけ》な視線を送ってくるのでもしかしてと思っただけです」

「んん？　はっはっは。はるかが信頼するわけだ」

何が面白かったのか、北田さんは豪快に笑った。

「悪かったね。キミが信用できる人間か、生活環境も含めて見ておきたくてね」

「お眼鏡《めがね》にはかないましたか？」

「ああ、心配なさそうだ。ただの幼なじみ呼ばわりはちょっとはるかがショックを受けているみたいだけどね」

「やめてくださいよ」

晴香が頬を赤くする。

「言い直しましょう。何物にも代《か》えられない、とても大事な幼なじみですよ」

「言うねえ。これはやはり二股を疑わなければならないかな」

北田さんがにやりと笑う。

「オレの様子を見るためだけにわざわざ来たわけじゃないんでしょう？　本当に二股をかけていたとしたら、吊《つ》るし上げる気だったとか？」

「まさか。そんなことをしたら、はるかの印象が逆に下がってしまうよ」

「なるほど。オレがヤバいヤツだったら、ネットで暴れないよう、直接クギを刺すつもりだったってとこですか」

「そんなところだよ。勉強ができるだけじゃなく、頭も良さそうだ。いくら火消しに動いても、燃料を投下されたらどうしようもないからね。最優先だったというわけさ」

だからって部外者の家におしかけるか？

「はるかからも、バイオレットさんからも、会ってもらえれば大丈夫、絶対わかるって説得されてね。この席を設《もう》けさせてもらったというわけさ。そこまで推《お》されると、逆にはるかが手玉にとられてるんじゃないかと思ったけど、その心配はなさそうだ」

「信用してくれたようで何よりです。それで、わざわざここまでするってことは、事務所も今回のことを重く受け止めてるってことですよね？」

北田さんと南さんがそろって頷《うなず》く。

「対策は決まっているんですか？」

「それが我々も苦慮《くりよ》しているんだよ。VTuber事務所さんとの炎上コラボは初めてでね。なかなか勝手がわからないところもある」

炎上コラボて。

「申し訳ないことに弊社《へいしゃ》のヨランハが燃料を投下したこともあり、落としどころをさぐるのが難しい状態でして……。今度という今度は彼にきつい処分が下される予定ですが、なにぶん数字を持っているタレントだけに、上層部も判断に迷っておりまして……」

南さんは額《ひたい》に汗をかきながら、困り顔で視線をさまよわせている。

やつれていると言っていいほど、お疲れのご様子。

「いえそれは、先程申し上げたように、うちの日向が不用意に芸名でコメントをしたことが発端《ほったん》でもありますので」

くりひろげられる大人の会話。

決して自分が原因だとは言い切らず、相手を気遣っている風にも見せる。互いの主張をぶつけるだけじゃないのが、子供のケンカと違うところだ。

「最初はどちらの事務所も大事にせず、鎮火するのを待つつもりだったんだよ。余計な反応は炎上を加速させるだけだからね。だが、殺害予告まがいのものまで届いたとあっては話は別だ」

「そんなものが……」

晴香が表情を硬くする。初耳だったのだろう。

「といっても、最近は燃やす方も慣れてきたらしく、すぐに警察に駆け込まれるような書き方はしない。実行に移す気のない嫌がらせだよ」

北田さんは心底うんざりした様子で顔を歪《ゆが》めた。

「いや、でも一応警察に相談した方がいいんじゃ……」

「この程度じゃ動いてくれないよ。経験上ね」

何度も同じようなことがあったのだろう。

これはオレが頼んだくらいじゃ動いてくれないやつだ。

だからと言って、そのままってのは二人とも夜も眠れないだろう。とても不安そうな顔をしている。

オレの脳裏には、去年の炎上事件で目に見えて痩《や》せてしまった声優の顔が浮かんだ。

このまま大人達に任せておけば炎上は解決するかもしれない。

だがそれまでの間、二人に不安な思いをさせ続けたくはない。

そして、オレが勝手に警察に連絡すれば、事務所での二人の立ち位置が危うくなるかもしれない。

「提案があります」

オレは昨晩から考えていた解決方法を四人に話した。


「え、えげつないな……」

「高校生の考えること……？」

北田さんと南さんがそろって引いている。

「上手くいかなかったら、全員が大炎上して終わりだぞ」

あまり乗り気ではないご様子。

「でも上手くいけば、双方の事務所にとってかなり良い結果になるかと」

「う、うむ……しかし……」

「たしかにそうですけど……」

二人のマネージャーが、それぞれの所属タレントに視線を向ける。

「あたしは航に賛成です」

「私も」

当事者二人はあっさり承諾《しょうだく》したが、マネージャー達はまだ渋《しぶ》い顔だ。

「南さん。もし私のことを心配してくれているなら大丈夫です。航の作戦で失敗したなら何も悔いはありません。責任をとって辞めることだってできます」

「そんなこと言わないで。私はバイオレットさんに辞めてほしくないし、もし辞めたとしても会社が失った信用は戻らないのよ。だから気軽に辞めるなんて言わないで」

南さんが困った表情で葵をたしなめる。

「すみません……。辞めたいわけじゃないんです……」

「わかってるから。大丈夫だから、ね?」

いつものように涙目になる葵を南さんがなだめている。

すっかりなれっこなようだ。

オレからすると泣き虫な印象のある葵だが、気を許していない相手の前で泣くことはほぼない。

やりとりに遠慮は感じられるものの、信頼関係を築き始めているのだろう。

葵とここまで仲良くなれるというのは、頼りなさそうに見えてやり手なのかもしれない。

「航の案を採用してくれないなら、ヨランハさんにたくさんセクハラメールもらったの訴えますからぁ」

「ちょ……バイオレットさん⁉　そんなことされてたの⁉」

泣きながらもさらっと爆弾発言をする葵である。

「北田さん、あたしもバイオレットさんと同じくらいの覚悟ですよ」

晴香もぐいっと身を乗り出した。

「おいおい勘弁《かんべん》してくれよ。普段は聞き分けが良すぎて困ってるくらいなのに、なんだってこんな時だけ積極的なんだ」

「自分の炎上ですから、積極的にもなりますよ」

笑顔で言うセリフじゃないんだよなあ。

「二人ともこう言ってることですし、やらせてもらえませんか？　オレにできることは全部やりますから」

部外者のオレが言うことではないかもしれない。
それでも何かしたい。
何もせずに失われた数年を繰り返すのはもうイヤだ。
せっかく修復されかけた二人の関係が、この炎上で崩壊するのだけは絶対に避《さ》けたい。
オレは二人のマネージャーをじっと見る。
教師でも親でもない大人と正面から対峙《たいじ》するのはとても緊張する。
お腹の奥をぎゅっと鷲摑《わしづか》みにされているようだ。
だがここで目を逸らしたりはしない。
「「お願いします！」」
晴香と葵もそろって頭を下げた。
掛け時計の秒針の音がリビングに響く。
最初に動いたのは北田さんだ。
ふぅーっ、と大きく息を吐いた。
「わかった」
「北田さん⁉」
驚愕《きょうがく》の声を上げた南さんを、北田さんが手で制する。

「いずれにしろ無駄に煽ったヨランハさんには謝罪コメントを頂《いただ》く予定でしたし、日向と弊社からも同様でした。ただ、下手《へた》なタイミングと内容での謝罪は燃料になる場合も多い」

「ヨランハさんはともかく、二人は悪いことをしたわけじゃないですし」

オレの意見に北田さんは首を横に振った。

「たしかに日向は軽率《けいそつ》だったけど、悪いことをしたわけではない。でも、事の善悪とファンがどう思うかは別問題なんだ。私達はファンの感情で金儲《かねもう》けをしているからね」

「じゃあなおさら中村君の提案は……」

なおも難色を示す南さん。

「でも彼の案以上に良い結果になる方法は、私には思いつかないね。もちろん、無難にコメントだけ出して終わりということにもできる。しかしそれでは、これからが勝負の二人に、しばらく活動の制限がかかってしまう」

「でもリスクが……」

「どうせこの商売は水モノなんだ。なんどもバクチを打って、それに勝ち続けるしかない。安全策をとっていては、緩《ゆる》やかに消えていくだけだよ」

「う……それは……そう……ですけど……」

まだ迷っている南さんに、オレは最後のカードを切る。

「南さん、お願いします。責任が取れるなんて言いません。でも、二人には一番良い形で決着をつけてほしいんです。未完成ですが、これを見てください」

オレはいつも葵の配信を観ているタブレットに、五十ページを超える資料を映した。

今日、学校を早退して作ったものだ。

過去の炎上案件と対応、その結果を収集し、まとめたものだ。

炎上時期や、関係者やファンのキャラクター性など、どんな対応をすれば上手く鎮火させられるかを考えるためのデータだ。

「一日で作ったのかい？」

北田さんが驚きの声を上げた。

炎上のきっかけを作ったのは、晴香にコメントを勧めたオレ。

できることがないか必死に考えた結果がこれだった。

「素人が作ったものなので、さきほどお話しした作戦にどれほど役立つかはわかりませんが、少しは助けになるかと思いまして」

「いやあ、若いねえ」

なぜか北田さんは嬉しそうだ。

「我々は『若さは力』だと知っている。そうでしょう？　何より、二人は彼を信頼しているようだ」

北田さんに笑顔でそう言われ、ついに南さんも観念したようだ。

「わかりました。中村君の作戦にのります。ただし、こちらが中止要請をしたら必ず従ってもらいます。いいですね？」

頼りなかった態度から一変、厳しい表情でそう言った。

「ありがとうございます。上手くやってみせます」

「無理しすぎないで、大人を頼ってね」

南さんはふと、どこか寂しそうに室内に視線を送った。

「もちろん頼りにさせてもらいますよ。オレでは手に入れられない情報もありますから。それとセッティングもよろしくお願いします」

実を言うと、今夜にでも晴香と葵に作戦を伝えるつもりだった。

どうやって事務所を巻き込もうかと悩んでいたが、結果として狙った通りになった。

さあ、あとはのるかそるかだ。

北田マネ　我々は大人なのでね

中村君のマンションを出て、南さんと並んでタクシーに乗り込む。

すでに夜の十一時をまわっているが、二人ともそれぞれの事務所に戻るからだ。

彼女の事務所は戻る途中にあるので乗り合いである。

「はぁー、こりゃ上司にどやされるわね」

さきほどまでのおどおどした態度とは随分《ずいぶん》感じが違う。

こちらが彼女の素《す》なのだろう。

マネージャーの中には、タレントがより魅力を発揮《はっき》できるよう、キャラを作る人がいる。

彼女の場合、ああいうキャラを演じた方が、バイオレットさんを動かしやすいと判断したのだろう。

「炎上の後処理をタレントに任せるなんて下作ですよねえ。しかも、部外者の発案協力ときたもんだ」

「あれだけ私を説得しておいてよく言いますよ」

南さんは呆れ顔ながらも、どこか楽しそうだ。

「あなたも業界人ですね」

「褒《ほ》め言葉と受け取っておきますよ」

「ええ、もちろん」

「これでバイオレットの人気が跳《は》ねてくれればいいんですけどね。彼女にはトップを狙える才覚があると思っているんですよ」

「うちの日向もですよ。演技の才能があってコミュ力もある。イベントでのアドリブはかなり苦手ですが、それをカバーするための努力もする。あとは一皮むけるだけなんです」

「お互い、才能あるタレントを担当すると苦労がたえませんね」

南さんは少しくまのできた顔で嬉しそうに笑った。

かなりの美人だからタレント崩れかとも思ったが、マネージャーとして大事な素養を持っている。

他人が売れて、儲けていくのを喜べるということだ。

「ええまったく」

「さて、上司を倒したら、あの若いコ達を裏からしっかり支えなきゃ」

南さんが、小さなこぶしをぎゅっと握《にぎ》ってみせる。

「ですね。それにしても中村君、随分信頼されてましたな」

「ええ。うちのバイオレットがあそこまで心を開くなんてよっぽどですよ」

「うちの日向も、人当たりは良いんですが、深い付き合いが苦手みたいでね。でも彼には完全に心奪われてましたからね」

「幼なじみってのは強いんですねぇ」

「私と幼なじみはあんなに良い関係ではありませんでしたが」

「きっとそれが普通ですよ。才能ある美少女二人と部屋が隣同士だなんて、どんな二次元ですか」

「違いない」

自分の青春にそんなイベントはなかった。

「上手くいくと思いますか？」

南さんは真剣な顔で隣から視線を送ってきた。

やはり不安はあるのだろう。

「正直、五分五分ですね。その確率を少しでも高くするのが我々の仕事です。まあ、彼らの溢《あふ》れるやる気に期待しましょう」

「あら、根性論とはちょっと意外です」

「やる気なんていうあやふやなものがパワーを発揮することもある。もちろんそれだけで乗り切れるほど甘い業界じゃありません。でも、そうしたバクチと奇跡を何度も見てきましたから」

「そうかもしれませんね。うん！　私達もがんばりましょう！」

もちろん今回の件には全力を尽くす。

ただ、はるかの気力の源となっている彼が、彼女のキャリアを邪魔するようなことがあれば、その時は……。

中村航　さーて、やりますか

マネージャー二人との打ち合わせから三日。

今日が計画の決行日だ。

あれから事務所がはっきりとした声明を出さなかったこともあり、憶測《おくそく》が憶測を呼び、炎上は広がり続けていた。

ヨランハが二人を妊娠《にんしん》させていたなんて話も出ていた。さすがに信じる人は少ないようだったが、面白がって拡散されていった。

AIを使って、三人のデートシーン画像をねつ造されたりもした。うち二人は二次元画像なので、信じる信じない以前の問題だったが、ファン同士の争いを助長したのは確かだ。

今は、それぞれのファンが、罪をなすりつけ合う地獄絵図と化している。

だがそれも今日までだ。

オレは今、葵の部屋に来ていた。

葵は防音室の中、オレはリビングだ。

自分のスマホ、タブレットの横に、葵がFPSの練習用に勝ってくれたPCを二台、合計四つのデバイスを並べている。

画面に映っているのはバイオレット・S・アンイルミチャンネル。四つのデバイスは全て別のアカウントでログインしてある。

今は配信開始直前のサムネ画像が表示され、軽快《けいかい》な音楽が流れている。

そのタイトルは、『人生すごろくゲームを遊ぼう。ゲストは日向はるかちゃんと、ヨランハさんだよ』である。

すでに解放されているコメント欄がえらいことになっている。

［謝罪配信かと思ったら普通に遊ぶつもりで草］

［よりによって人生すごろくゲームとは］

［これって二人と子供作れるゲーム？］

普段なら『モデレーター』という、不適切なコメントを削除したり、アカウントをBANしたりする人がついている。

しかし、今回の配信だけは、モデレーターさんに動かないように指示が飛んでいる。

結果は一見《いちげん》さんが押し寄せて荒れ放題。

配信開始前なのに、視聴者は十万人に達しようとしている。

そして、画面は切り替わり、バイオレットと晴香、そしてヨランハが映る。

晴香は事務所にある配信設備からの登場だ。背景はグリーンバックで抜かれての合成である。

画面内に二次元の割合が高いので、晴香の方が少し浮いて見えるから不思議だ。

『みなさーん、こんいるみー。バイオレットだよー』

バイオレットが挨拶をすると、ファン達が歓迎のコメントを書き込んだ。

オレも動作確認をかねて、四つのデバイスで書き込みをしてみる。

ちょっと緊張するなこれ。

一方、アンチ化した元ファンや、一見さんは引き続き荒らしほうだい。

普段は禁止されている、コメント欄でのケンカまで起こる始末だ。

それでも今回は放置。

出演者達のメンタルに響くだろうが、作戦上必要なことだ。

『それじゃあゲストの紹介でーす。まずは、私の愛するギャラナスでも準レギュラー！　大人気ＪＫアイドル声優さんが遊びに来てくれました！　自己紹介をどうぞぉ！』

『皆さんこんばんはー。声優の日向はるかでーす！　ＶＴｕｂｅｒさんが番組のゲストに来て下さることはあっても、逆は初めてなのでちょっと緊張しています。今日は楽しい配信になるようがんばりますので、よろしくお願いします！』

『いつもよりちょっと堅めのはるかちゃんでしたー』

『ＶＴｕｂｅｒさんみたいに、なにかキャッチフレーズ的な名乗りをした方がよかったかなあ？』

『大丈夫大丈夫。私も最近は、キャッチフレーズの名乗りなんてしてないから』

『え？　それはどうなの？　そういうもの？』

『いーのいーの。うちは緩くやってく感じだから』

二人のやりとりに、コメントがざわつく。

[やっぱりリアルでも仲良し？]

[待って、ということは……]

[この配信、結婚会見とかじゃないよね？]

不穏《ふおん》なコメント欄をよそに、配信は続く。

『ではついでにヨランハさんも自己紹介どうぞ』

『ついではひどくない？　一応、先輩なんだけどなあ。んんっ。お嬢ちゃん達みんなの恋人、オリエンタルボイスでメロメロにしてあげる。２Ｄ《ツーディー》スコープ二期生、ヨランハだよ』

なんつー挨拶だ。

それでもコメント欄には、[メロメロ――]という文字が高速で流れている。

彼のファンによるものだろう。

その返しもすごいが、未《いま》だに彼に黄色い声援を上げられるというのが、オレの感覚からすると信じられない。

そもそもチャラいキャラだったので、多少の不貞《ふてい》の噂《うわさ》など勲章《くんしょう》程度に考えているのだろうか。

『初めまして、ヨランハさん』

『おや、そういう体《てい》でいくんだね』

晴香の挨拶を茶化すヨランハ。

あくまで噂を否定も肯定もせず、ネタにしていくスタイルらしい。

それでいい。そうこなくては。

今日の配信で三人が遊ぶのは、すごろくを人生に見立てた、ブラウザでできるフリーゲームだ。

オレがネットの片隅から探してきたもので、正直見た目のクオリティは低い。人気も皆無《かいむ》……というより、そもそも知られていない。

ただ一つ、コマの説明に強烈なブラックジョークが効いているという点のみで選んだ。

『ええと……校長室での喫煙と酒盛りと賭け麻雀が見つかって停学。5回休み。休み多くない⁉　あとこれでよく停学ですんだよね！　あとあたしのイメージ大丈夫⁉』

晴香が悲鳴を上げているが、終始こんな感じである。

［いまさらイメージとか］

などとコメントされているが、そこはスルー。

『なるほどぉ。校長先生って普段いないから校長室なのかなあ』

相変わらず葵はどこかズレたコメントをしている。

『やったー結婚だあ。相手はどんな人だろう。まじめで、なんでも一生懸命やる人がいいなあ。あと、お料理が上手な人！』

『バイオレットちゃんはそういう人が好きなんだよね』

『はるかちゃんもでしょ？』

『えへへ、まあね』

これもしかして、オレのこと言ってる？

とりあえず身近に感じてくれているからなのか、オレの自意識過剰なのか、それとも……。

いずれにせよ、今のオレじゃあ二人と釣り合わないという事実に変わりはない。

[配信で言ってた男の趣味ってそういう感じか]

[オレオレ！　オレがそうだよ！]

『つまり、二人とも俺が好みってことだね？』

コメント欄はまだしも、ヨランハと同じことを考えてしまったのはイヤすぎるんだが⁉

『あ、全然違いますね』

『ええ、違います』

『そ、そう……』

あまりにきっぱり否定されてしまい、絶句するヨランハである。

そんな感じで、参加者全員のメンタルに傷を負《お》わせながらゲームは進行していく。

だが、本番は後半からだ。

『私のコマは……黒髪ロングでフェミニンな泣きぼくろが二つある人妻、マキ子（29）に手を出して訴えられる。マイナス三百万円。あちゃー』

『んんっ⁉　ごほっごほっ。随分具体的なマスだな』

葵が踏んだマスを読み上げると、ヨランハがむせた。

おお、うろたえとるうろたえとる。

『えー、女の子と不倫かぁ。女の子同士でも不倫はだめだよねえ。ね、ヨランハさん』

『と、当人達が納得してるならいいんじゃないかな？』

すかさずオレは、『マキ子』名義で作っておいたアカウントで、投げ銭つきで目立たせつつコメントをする。

[私は納得してないので、慰謝料待ってます]

我ながらタチの悪い行為だ。

これを葵が拾った。

[本人登場は草]

[盛り上がってまいりました]

[さすがになりすましのネタだろ]

さまざまな憶測コメントが流れる。

最後のは正解だ。ただ一つ違うのは、マキ子さん本人に今回のコメントをすることについて、許可をとっているということである。

『いやいや、そんなコメント拾わないで⁉』

余裕ぶっているヨランハだが、かすかに声が震えている。

そりゃあそうだろう。リスナーにはわからないだろうが、書かれているのは事実なのだから。

[バーさんはそういうのいつも拾うから]

『いつもこうなのかい⁉』

どん引きなヨランハにかまわず、晴香がサイコロを振る。

『次はあたしですね。あたし、二股をかけられ、ショックで叫びながら外を走る。もう一回サイコロを振る。あたし、こんなことしないよ⁉』

続いて晴香が止まったマスも大概なものだった。

[タイムリーすぎる]

[なんだこのゲーム]

[なぜこのゲームを選んでしまったのか]

『私も同じマスに止まったー。わーい、もう一回だー』

葵の方は相変わらずだ。

[バーちゃんがいつも通りすぎる]

[心臓に毛が生えてるどころか、最初から麻痺《まひ》してない？]

『偽《にせ》の浮気の証拠で外堀を埋めて寝取った人妻のアケミ（26）を捨てたら、ストーカーされて逃亡。十マス戻る。進んだ分より戻っちゃったよー』
［だからエグいて］
［戻ったことより、マスの内容に注目して!?］
『だよね！　どうせ逃げるなら、前に逃げてほしいよね！』
［そういうことじゃないんだよなあ］
［時々人名が入るのなんなん？］
『まさかうちのゴミが漁《あさ》られてたのって……』
ヨランハのアバターが左右にぷるぷる揺れる。
『ヨランハさん、そんなことされてるんです？　セキュリティのしっかりしたところに引っ越した方がいいですよ』
『う、うんそうだね……』
晴香の真摯《しんし》なアドバイスに、ヨランハが言葉につまる。
『ちゃんとゴミの日は守らないとダメですよ？』
『違反をして漁られたわけじゃないから！』
ということで、次はアケミさん名義のアカウントでのコメントだ。

投げ銭をつけることも忘れない。
［ストーカーじゃありませんが、ゴミはカラスが漁ってましたよ］
うぅ……通帳の残高が心配になるぜ。
［また本人？］
［これマジなやつ？］
［ストーカーじゃないなら安心だな］
［いやこれゴミ捨てを監視してたってことでは？］
［身バレしとるやん］
『みんなー、なりすましはＢＡＮだよー』
葵がやんわり注意をすると、
［はーい］
［はーい］
［はーい］
コメント欄は良いお返事で埋まった。
ちゃと俺もアケミさん名義のアカウントで［はーい］とコメントしておく。
［注意されてる本人が良いお返事は草］

『つまり本人ってコト？　だったらセーフだよね』
［バーさんは素直だなあ］
［本人だったらむしろアウトでは？］
『それとアケミさん、ダメですよ？』
［怒られてる］
［オレもバーさんに怒られたい］
『このマスに止まったのは私なんだからね。ヨランハさんじゃないんだよ』
［そこ⁉］
［叱《しか》るポイントがわからんw］
『さ、次はヨランハさんの番ですよ。サイコロ振って振って』
『う、うん……』
晴香に促《うなが》されるヨランハのテンションが明らかに低い。
かすかに声が震えていたりもする。
そりゃあそうだ。
さっきから晴香と葵が止まっているマスに書かれていることは事実なのだから。
このゲーム、もともとフリーで公開されていたものではあるが、今回用にカスタマイズされている。

南さんに調べてもらったヨランハの悪行を、そのままゲームに実装してもらったのだから。

オレはこの作戦の許可をマネージャーの二人からもらってすぐ、ゲームの開発者にSNSのダイレクトメッセージで連絡を取った。

事情を話し、一時的にコマの内容を改変してもらえないかと頼んだのだ。配信で使われれば、人気が出るかもしれないというエサをぶら下げて。

最初はイタズラだと思われたが、開発者さんがバイオレットのファンであったことから、彼女に直接メッセージを送ってもらった。

そこからの開発者さんの対応は早かった。

『バーさんを信じててよかった』というメッセージとともに、高速でゲームの改変が行われた。

ちなみに作戦のやりとりについては絶対に口外しないよう、南さんを通じて契約書をかわしてもらっている。

このあたりはさすがの大人パワーだ。

ヨランハの被害にあった女性達と連絡をとってくれたのも南さんである。

南さん的には所属タレントの不祥事ということで、謝罪の意味もあったのだろうけど。

被害者達は、「ヨランハを懲《こ》らしめてくれるなら」と喜んで許可してくれた。

ちなみに、晴香や葵にこのあたりの裏側は話していない。二人にはコラボ配信で正面からおしおきしよう、といった程度に伝えてある。

彼女達に伝えておく案もマネージャーの二人に提案してみたのだが、正直者の葵は挙《きょ》動不審《どうふしん》になるだろうし、彼女達のイメージ的にも良くないだろうということになった。

『なあ二人とも、俺にあてつけるためにこのゲーム選んでない？』

誰もが思ったかもしれないが、配信中にそれを言えるのもすごい。

『え？　どういうことです？』

そう、晴香が言うように彼女達は何も知らない。

『オススメしてくれたリスナーさんがいて、マスの内容は初見の方が楽しいよって言ってたから私達も見てないですよー』

葵もこくこく頷く。

『マジで言ってる？　そういう体じゃなくて？』

ヨランハはガチで驚いているようだ。

ということは、普段から段取って配信してるってことだよな。

［普段の初見とか言ってる配信はやらせだったかあ］

『言われてますよ』

晴香がしれっとオレが別のアカウントで投稿したそんなコメントを拾う。

『いやいや、リスナーを楽しませるために、仕込みくらいするでしょ』

そりゃそうだ。

しかし、それを自分の口から言ってしまうのと、ちゃんとリスナーを騙《だま》し続けるのとでは大きな差がある。

リスナーは心のどこかでそうだと思っていても、しっかり騙してほしいのだ。

『バイオレットちゃんはそういうのしてなさそう』

『うん、してないよー。そんなことしたら上手く話せなくなっちゃうしねー』

［バーさんはマジでやってなさそう］

［仕込んでてあのリアクションしてたら逆に天才］

ファンからの信頼がある意味とても篤《あつ》い葵である。

『くっ……いいよね、才能のある人達は。そんな小細工しなくても人気出るんだろ？』

ヨランハの声が低くなった。こっちが素なのだろう。

『才能……ですか……』

『才能かぁ……』

晴香と葵がそろって眉をひそめた。

バイオレットのアバターもしっかり表情が変わっているあたり、芸が細かい。

『何を疑問に思うのさ。中学生デビューのアイドル声優に、固定ファンをがっちり摑む個性をもったＶＴｕｂｅｒ。才能がないなんて言わせないよ』

ああ、コイツは嫉妬をしているんだ。

チャンネル登録者数でなら、ヨランハはバイオレットよりも上だ。

それでも葵や晴香に嫉妬している。

二人に劣等感を持ってしまうオレと同じだ。

やたらと女に手を出していたのはその裏返しなのかもしれない。

だからと言って、コイツがしたことを許す気は毛頭ないが。

［え？　ガチなやつ？］

［こんなヨランハ初めて見た］

コメント欄も不穏な雰囲気《ふんいき》になってきた。

『まあまあ、楽しくゲームをしようよー』

この空気でそんな提案をできる葵はさすがというかなんというか。

リスナーも、葵が言うなら大人しくしようという雰囲気だ。

普段の配信ではリスナーにいじられることの多い葵だが、こういう時に愛されているのだなと感じる。

あとは複数のアカウントを使って、ちょいちょい軌道調整するだけだ。

晴香と葵には好意的に、ヨランハには負の感情が向くように、コメント欄の感情を操作していく。

誰かを叩《たた》きたくて配信を観に来ている連中に、あきらかな悪者を用意してやれば、大義名分を得たとばかりに叩いてくれる。

ヨランハにヘイトが行くようにしつつ、配信が荒れ始めたらなんとか抑える。

毎回こんなにも誘導が上手くいくとは思えない。

事前の打ち合わせ、事務所やマキ子さん達の協力、そして当日にやってきたリスナー達、その全ての流れがそろって初めてできた芸当だ。

金がかかってしょうがないけどな！

ちなみに先程の『マキ子』さん。なんと葵と同じ事務所のＶＴｕｂｅｒ『青椿《あおつばき》』さんである。

配信後に、裏で葵に絡んできたのも記憶に新しい。

どうやら『ヨランハ被害者の会』があるらしく、今回の情報は南さんから青椿さんを通じて得たものだ。

被害者の会はヨランハを訴えようと計画しているらしく、葵が被害者にならないようにクギを刺してくれていたらしい。

彼女曰《いわ》く「私はダメンズ好きだけど、バイオレットちゃんは傷ついちゃうでしょ」とのことだ。

てっきり自分の男だからとけん制してきたのかと思ってたけど、実はいい人だった！

それにしたって、もっと言い方はあったと思うけどどな。

そんな感じで、配信中ずっとヨランハは冷や汗をかきっぱなしだった。

特にヨランハのファンが、擁護派とブチギレ派に別れて争い続ける様子には、かなりまいっていたようだ。

ゲームが終わった後のエンディングトークに残ったのは、晴香と葵の二人だけ。

予定通りかつ狙い通りではあるが、リスナーにはまるでヨランハが逃げたように映っただろう。

この段取りは、事前に事務所を通じて葵達に提案させてもらった。ちょっとした雰囲気作りというやつだ。

配信画面上では、日向はるかとバイオレットが正面を向いて並んでいる。

さて、ここからはモデレーターさんの稼働開始だ。

ぶち切れたヨランハファンが心ないことを言った時だけ動いてもらうのだ。そして、二人との約束で、よほどのことがない限りコメント削除はしないことになっている。

『観に来てくれたみんな、今日はありがとうございました。そして、もし不快な思いをした人がいたらごめんなさい』

バイオレットがぴょこんと頭を下げた。

きっと葵は画面の前で深々と頭を下げているのだろう。アバターの可動域的にこれが限界なのだ。

合わせて晴香も頭を下げる。

『謝罪動画を出すというのも考えました。でも、私達は何も悪いことはしていないし、リスナーさんを裏切ることもしてません。だから、そういうのは本当に悪いと思った時だけにしたかったんです』

[うんうん]

[バーさんの意外にマジメなところ好き（三万円）]

『だから、皆さんに私達三人の関係性をリアルに見てほしかったのです。それは私だけではできなくて、はるかちゃんにも無理を言って出演してもらいました』

『いやいや、あたしもちょうどよかったからね。こういう場を設けてもらって、温かいファンのみんなに観てもらえて、すごくありがたい時間だと思いましたよ。そして、改めましてあたしのファンの皆さん、バイオレットさんとヨランハさんのファンの皆さん、本日はお付き合い頂きありがとうございました』

晴香が再び、深々と頭を下げた。

[面白かったよ]

[ファンになった]

リスナー達が二人に賞賛を送る。

いっそ三人で配信をしてはどうか、と提案したのはオレだ。

だけどこういった挨拶や、オレが裏で仕込んだマスの内容などに上手く対応したのは彼女達自身である。

とてもオレには真似《まね》できない芸当だ。

[バーさんからはるかちゃんに乗り換えます]

『ちょっと！　乗り換えるのはなしだよ！　二人のファンになってよね！』
［浮気容認？］
［公認キタ］
『うぐ⁉　い、いいよ……はるかちゃんだけだからね！　他の人に浮気したら針千本飛ばすからね！』
［飲ますでは？］
［また最近やったゲームに影響受けてる］
［オレははるかちゃんを信じてたけどね］
［バーさん愛してる］
［（五万円）］
［リアルで友達ってとこはガチ？］
『はい。大切なお友達です』
葵がコメントを肯定した。
これは予定にないことだ。身バレを恐れて秘密にしていたはずだが、葵なりの誠意なのかもしれない。
『好きな男子の好みが同じっていうのもね』

晴香がにやりと笑ってみせる。

『ちょちょちょっと、何言ってんのはるかちゃん』

『でも二人とも、恋がかなったことは一度もないんですよ』

『ばらさなくていいよぅ』

『お互いに遠慮しちゃうんだよね』

『そりゃあ……はるかちゃんが大切だから』

『えへへ、私も』

二人が温かい微笑《ほほえ》みで見つめ合う。

片方はアバターなので雰囲気だけども。

［てえてえ］

［これはてえてえ］

［もう二人でチャンネル持てば?］

［イチャイチャ助かる］

二人の優しい雰囲気のおかげで、コメント欄も好意的な意見が占める。

ヨランハが裏で行っていた悪行という大型爆弾を匂わせて、こちらの炎上を吹き飛ばしちゃおう作戦、成功である。

普通に謝罪動画を出しても、炎上は長引く恐れがあった。

ファンが減って、今後の活動が上手くいかなくなる可能性もかなり高かった。

だからこんな回りくどい方法をとったのだ。

ついでに、二人がリアルで仲の良い感じをアピールできれば、よりプラスに働くのではというもくろみもあった。

オレはメッセージアプリで葵に連絡を入れる。

そのタイミングで、オレとマネージャーさん達、そして当人二人で考えた文章が、葵の口から読み上げられる。

『今回の件、皆さんには大変ご心配をおかけしました。私はこれからも面白い配信をできるようがんばります。はるかちゃんも……』

『声優として、皆さんにより「楽しい」を届けられるようがんばります』

そんなこんなで、配信は終了。

ＳＮＳやまとめサイトで拡散されまくったこの配信は、『伝説の炎上すごろく謝罪会見』として一千万再生を超えた。

なお今回の作戦。南さんからこっそり聞いたところによると、事務所としては実行するか相当もめたらしい。

そりゃあ、エース級のタレントに傷をつけるのだ。普通なら首を縦に振る経営者はいないだろう。

しかし、このまま放置しては事務所の看板に傷がつくというところまで話が進んだようで、ヨランハ本人にお灸《きゅう》を据《す》えようということになったとか。

調子に乗りすぎると痛い目を見るという典型だよね。

「配信番組のお仕事が決まったよー」

夕食時。葵は帰ってくるなり、オレに抱きつきながら嬉しそうにそう報告した。

「なんと、私達二人の番組！　でもそういうのはだーめ！」

葵の後ろから顔を出した晴香が、オレから葵を引きはがす。

「おお、おめでとう！」

「こないだの配信を見た偉い人が声をかけてくれたみたいなんだよ。ちょっと素直には喜べないけど……」

晴香は釈然《しゃくぜん》としない様子だが、オレやマネージャーさん的には、想定していた中でも最高の結果だ。

「いやあ、炎上しても結果良ければすべて良しだよぉ」

葵の方はいつものののんびり笑顔で喜んでいる。

ちょっとしたことで泣く彼女だけど、こういう時のメンタルは強いんだよなあ。

なお、バイオレット・S・アンイルミチャンネルは、登録者数が一気に五十万人も増えたようだ。

このあたりのスタンスの違いは、役者と配信者だからかもしれない。もちろん、二人のもともとの性格のせいもあるけど。

ヨランハはというと、結局事務所を首になった。

アバターは使えなくなるので、事実上の引退だ。

七股の不倫で訴えられたらしく、最初は謹慎処分の予定だったのが、さすがに事務所も庇《かば》いきれなくなったとか。

「曜日ごとに担当の不倫相手が決まっていたそうよ」と語る南さんは、心底うんざりした様子だった。

オレのアイディアに乗ってくれたのも、青椿さんを通じてそういった事情をすでに摑んでいたかららしい。まさか七股で全員不倫とまでは知らなかったそうだけど。

そんな彼は、ガワを変えてさっそく個人での配信をしているようだが、以前ほどの人気はない。

こういった『転生』は成功するパターンもあるようだが、さすがに彼のファンも見限った人が多いようだ。

食卓テーブルについた二人に、夕食を出す。

今日のメインは、鶏胸肉のそぼろ丼だ。

何の遺恨もなく、また三人でご飯を食べられるのが嬉しくてしょうがない。

「二人の配信番組楽しみだなあ。いつからなんだ？」

「来月頭からだよ。番組付きじゃないレギュラーの配信番組って初めてだから緊張するよ。まだ何のコンセプトも決まってないから、葵の人気におんぶにだっこって感じだよね」

「いやいや、声優さんをゲストに呼んだり、アーティストさんが番宣に来たり、公式っぽい活動できるのは、晴香が声優さんだからだよ。ＶＴｕｂｅｒだけだとどうしても、案件以外は声優さんと比べるとアングラっぽい感じになっちゃうから」

「いやいや、今時そんなことないでしょ」

「いやいや、まだまだあるある」

「二人とも、お互いにカバーし合えるってことでいいんじゃないか？」

「そうなんだけど、葵には負けたくないから」

「うん、晴香には負けたくない」

「「ねー」」

いやもうこれ、仲いいんだか悪いんだか。

なんてな。

以前の状態を考えれば、仲直りできたのは間違いない。

ただ、二人が互いに見つめ合う瞳《ひとみ》は、獣のようにギラついている。

これがライバルというやつなのだろう。

小さな頃のように、何も考えずに仲良しこよしとはいかないが、二人の間により強い繋《つな》がりが感じられる。

そのことが、思わず目頭が熱くなるほど嬉しい。

しかし、オレはまだ二人と同じ土俵には立てていない。

今回の事件では、全力でサポートに回ったが、嫉妬がなかったと言うと嘘《うそ》になる。

このまま勉強をがんばるだけでいいのだろうか。

そんな思いが頭の中をぐるぐると駆け巡る。

それでも今オレにできることは他にない。

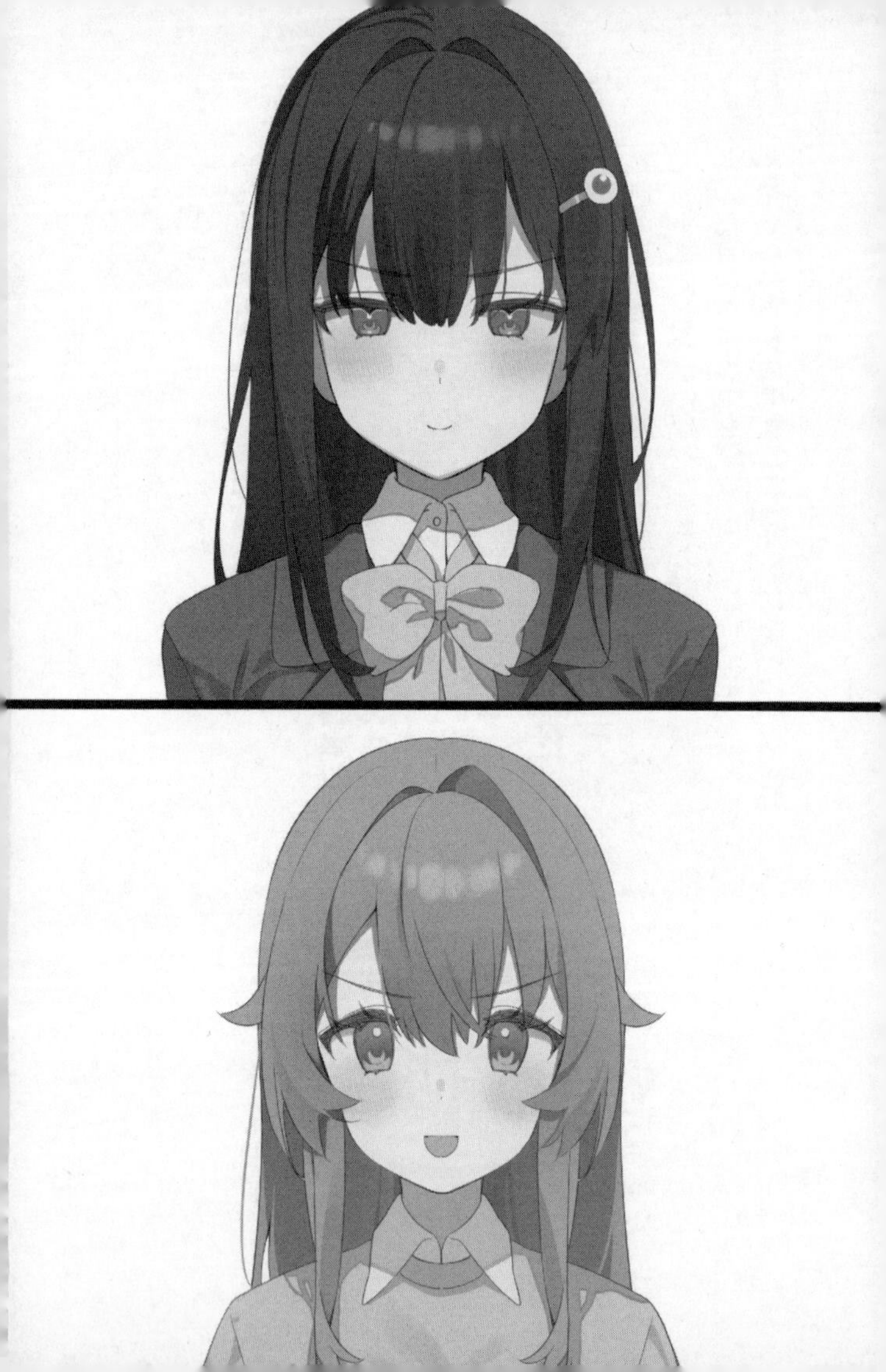

なら、がんばるだけだ。

何をしないよりもきっと良い未来に繋がるはずだ。

十年たっても、二十年たっても、こうして三人で食卓を囲めたら嬉しい。

家族での食卓というものにあまり良い思い出のないオレ達にとって、ここが帰る場所になってほしい。

ずっとこのままなんてことがありえないのはわかっているが、擬似的にも家族になれたら……。

そんな贅沢《ぜいたく》な夢を、二人の顔を見ていると願ってしまうのだ。

あとがき

前作からの方はお久しぶりです。今作からの方は始めまして。遊野優矢《ゆうのゆうや》です。

前作『異世界帰りのアラフォーリーマン、17歳の頃に戻って無双する』は大判だったので、なにげに文庫デビューですね。

お楽しみいただけたのなら嬉しいです。

さて、オタクにとって憧れの職業といえば色々ありますが、声優をあげる方も多いことでしょう。

最近はそこにＶＴｕｂｅｒも加わっているかもしれません。

私もちょっと体調を崩していた時期には、彼女たちの楽しげな配信などにずいぶんと元気づけられました。

では、幼なじみに声優とＶＴｕｂｅｒがいたらどうなるだろう？

そんな夢のようなところからスタートするお話なわけですが、両手に花で甘々生活……とはならないのが本作です。

彼らなりに悩み、間違え、それでも進む。

いやあ、青春っていいですねえ。

こんな高校生活を送りたかった……と手放しで語るには、ちょっぴり試練の多い彼らかもしれません。

でもきっと、大人になった三人は、この時のことを笑って話せるはずです。

幸せになってくれ！


本作はカクヨムネクスト様のローンチタイトルに選んで頂きました。

新しいゲームハードが出るときも、ローンチタイトルって特別感があってわくわくします。

ネット連載のサブスクには色々と意見があるかもしれませんが、個人的にはこういった新しい試みは大好きです。

ぜひＷＥＢ版もよろしくお願いします。


それでは謝辞です。

はな森《もり》先生。とてもかわいいイラストをありがとうございます。
担当さんから新しいイラストが届くたび、ファイルを開くのがとても楽しみでした。
担当編集様、デザイナー様、校正様、印刷所の方々、その他この本が出るにあたって
ご尽力頂いた皆様ありがとうございました。
なにより、今このあとがきを読んでくださっている読者の皆様に全力での感謝を。
それでは次巻、もしくは次作でお会いできることを願って！
おつ……ええと……シメの挨拶は次までに考えておきます。

読んでいただき
ありがとうございました!!

■ご意見、ご感想をお寄せください。……………………………………………………
ファンレターの宛て先
〒102-8177　東京都千代田区富士見2-13-3　ファミ通文庫編集部
遊野優矢先生　　はな森先生

FB ファミ通文庫

VTuber《ブイチューバー》の幼《おさな》なじみと声優《せいゆう》の幼《おさな》なじみが険悪《けんあく》すぎる

1831

2024年4月30日　初版発行

◇◇◇

著　者　遊野《ゆうや》優矢《ゆうや》
発行者　山下直久
発　行　株式会社KADOKAWA
〒102-8177 東京都千代田区富士見2-13-3
電話 0570-002-301（ナビダイヤル）
編集企画　ファミ通文庫編集部
デザイン　REVOdesign
写植・製版　株式会社スタジオ205プラス
印　刷　TOPPAN株式会社
製　本　TOPPAN株式会社

●お問い合わせ
https://www.kadokawa.co.jp/（「お問い合わせ」へお進みください）
※内容によっては、お答えできない場合があります。
※サポートは日本国内のみとさせていただきます。
※Japanese text only

ISBN978-4-04-737900-8 C0193
定価はカバーに表示してあります。